W0351884

le bonheur commence à l'aube

Barbara Cartland est une romancière anglaise dont la réputation n'est plus à faire.

Près de trois cents romans variés et passionnants mêlent aventures et amours.

Les Éditions J'ai Lu *en ont déjà publié plus de quarante que vous retrouverez dans le catalogue gratuit disponible chez tous les libraires.*

Désormais les Éditions J'ai Lu *publient également* Les romans préférés de Barbara Cartland, *un choix des livres qui ont enchanté sa jeunesse.*

BARBARA CARTLAND

le bonheur commence à l'aube

traduit de l'anglais par Jacques Blanc

Éditions J'ai Lu

Ce roman a paru sous le titre original :

LOVE LEAVES AT MIDNIGHT

NOTE DE L'AUTEUR

En 1883, année pendant laquelle se déroule le récit, le comte Granville, parent de mon mari, était alors Premier secrétaire d'Etat aux Affaires étrangères de Sa Majesté.

Je suis toujours en possession du passeport qu'il avait fait établir pour mon grand-père, James Falkner Cartland, et sa femme.

C'est une mince feuille de papier qui porte, en tête, les Armes Royales et, sous la signature du comte, le sceau de ce dernier.

A cette époque, comme pendant toute l'ère victorienne d'ailleurs, la diplomatie britannique s'efforçait de maintenir l'équilibre européen.

1

Depuis qu'elles avaient quitté Victoria Station, le train tanguait d'une manière fort désagréable et Xénia se réjouit de l'insistance avec laquelle Mrs Berkeley avait tenu à maintenir les vitres fermées car elles étaient au moins protégées de la fumée.

En contemplant le paysage, Xénia pensa à la chance qu'elle avait de pouvoir traverser la Manche et de se rendre en France. Mrs Berkeley ne manquait d'ailleurs jamais une occasion de le lui faire remarquer.

– Toutes les jeunes filles, assurait-elle de sa voix sèche et désagréable, seraient enchantées de voir l'Europe. Etant donné votre situation, vous reconnaîtrez que c'est une circonstance particulièrement heureuse.

Xénia comprit qu'elle faisait une fois de plus allusion au dénuement dans lequel l'avait laissée la mort de ses parents.

Contre tous ses espoirs, elle s'était retrouvée sous la tutelle de cette femme qui faisait étalage de sa charité.

L'honorable Mrs Berkeley était la veuve du châtelain qui avait régné sur le petit village natal de Xénia.

La plupart des habitants travaillaient sur les terres des Berkeley. Seul, le père de la jeune fille avait échappé à cette règle. C'était peut-être là l'explication de la haine de Mrs Berkeley qui n'avait pu exercer sur eux son emprise comme elle le faisait sur tous les autres.

Aucun de ses actes de générosité n'était gratuit.

Personne ne comprenait comment une femme si puissante pouvait être jalouse de la sage et modeste Mrs Sandon qui n'essayait jamais de se faire valoir en aucune façon.

Xénia savait que sa mère, contrairement à Mrs Berkeley, était aimée de tous, simplement pour sa bienveillance, pour sa compréhension et pour sa douceur.

– Que seriez-vous devenue si je n'avais pas fait de vous ma demoiselle de compagnie et si je ne vous payais si bien les quelques petits services que vous rendez? lui demandait-elle souvent.

Xénia qui devait sans cesse courir du matin au soir pour satisfaire le moindre de ses caprices et surtout – c'était là le plus pénible – l'écouter pendant des heures se plaindre et critiquer tout le monde, ne partageait pas son avis.

Mrs Berkeley n'était jamais contente. Elle prétendait exiger la perfection, mais elle aurait été bien en peine de préciser ce qu'elle entendait par là.

Xénia s'était sentie affreusement malheureuse quand son père et sa mère avaient brusquement succombé à la grippe infectieuse qui s'était abattue sur l'Angleterre sans épargner le petit village de Little Coombe.

De nombreux vieillards étaient morts et on ne comptait plus les enfants et les solides travailleurs qui avaient été emportés par la maladie. C'est ainsi que Xénia s'était soudain retrouvée seule au monde.

Comme une bonne fée, Mrs Berkeley l'avait recueillie dans son château. Et telle une recrue à la merci d'un sergent-major, la jeune fille avait reçu des ordres avant même que son chagrin se soit apaisé.

– Pleurer n'arrangera rien, avait décrété vivement Mrs Berkeley. La vie m'a appris qu'il ne sert à rien de se dresser contre l'inéluctable, en particulier contre la mort.

Elle avait ajouté avec la même assurance :

– Mettez-vous dans la tête une bonne fois pour toutes que vous avez la chance incomparable de travailler sous mes ordres et que vous ne me remercierez jamais assez pour tout ce que j'ai fait pour vous.

« Certes, cela aurait pu être facile, pensait Xénia, si Mrs Berkeley était d'humeur égale. Mais elle changeait perpétuellement d'avis. »

– Vous m'aviez pourtant bien dit de faire cela, répliquait parfois Xénia quand elle la réprimandait ou la traitait d'incapable.

– Ne vous occupez pas de ce que j'ai pu vous dire auparavant, ripostait Mrs Berkeley. Faites ce que je vous dis maintenant, et rien d'autre.

Devant tant d'injustice, la jeune fille se demandait parfois si elle était vraiment aussi stupide que Mrs Berkeley le laissait entendre.

Son père l'avait toujours trouvée intelligente; sa mère la chérissait trop pour reprocher quoi que ce soit à sa fille adorée.

Au bout de neuf mois passés chez Mrs Berkeley, Xénia conclut que la châtelaine ne supportait pas la perfection des traits qu'elle avait hérités de sa mère. Elle était sans aucun doute la plus belle femme des alentours.

Elle suscitait l'admiration de tous, et dès qu'on lui faisait un compliment, les lèvres de Mrs Berkeley se pinçaient de dépit.

Cette dernière qui avait dépassé la quarantaine et dont la beauté se fanait, souffrait de voir l'attention que tous ceux qui venaient à Berkeley portaient à Xénia.

« A quoi bon être belle, si c'est pour en souffrir? » pensait parfois Xénia.

Il y avait pourtant des moments où les lueurs d'admiration qu'elle surprenait dans le regard des hommes étaient bien réconfortantes.

« Un jour, je rencontrerai peut-être quelqu'un qui m'aimera et je m'enfuirai avec lui. »

Elle savait bien qu'elle avait tort de se montrer aussi ingrate à l'égard de Mrs Berkeley, mais comment pouvait-elle supporter ses observations, ses critiques, et ses moqueries perpétuelles?

C'était si différent du bonheur qu'elle avait connu chez elle dans leur petite chaumière paisible, qui était si confortable, comparée aux autres maisons de Little Coombe.

– Mais on dirait que cet endroit est effectivement presque habitable! s'était exclamée Mrs Berkeley lors de sa visite, après les funérailles.

Elle n'avait pas manqué de remarquer les petites pièces décorées avec goût et les beaux meubles que le père et la mère de Xénia avaient rassemblés au cours des années.

Xénia ne pouvait plus supporter la condescendance de Mrs Berkeley. Elle devait souvent faire des efforts pour ne pas lui révéler ce qu'elle savait de sa mère. Elle aurait pourtant aimé voir le visage de cette femme se décomposer.

Mais Xénia aurait ainsi trahi un secret qu'elle considérait comme sacré.

Elle avait quatorze ans lorsque sa mère lui dit un jour :

– Vous avez dû sans doute vous demander, ma

chérie, pourquoi je ne vous parlais jamais de mes parents ou de ma famille.

Devant le regard ébahi de Xénia, elle avait ajouté :

– Tous les parents de votre père vivent dans le Nord. La plupart ont disparu, d'ailleurs. Quant à moi, j'ai aussi une famille.

– Vraiment, maman? s'était écriée Xénia. Pourquoi ne m'en avez-vous jamais rien dit?

– Parce que mon passé doit rester secret. Promettez-moi, Xénia, de ne jamais répéter à personne ce que je vais vous confier.

– Pourquoi cela, maman?

– Quand votre père et moi nous nous sommes enfuis ensemble, j'ai coupé tous les liens qui m'unissaient à mon père, à ma mère et à ma sœur jumelle.

– Maman!

Xénia regarda sa mère, bouche bée.

– Vous vous êtes enfuie avec papa? Comme c'est passionnant et romanesque!

– Effectivement, reconnut sa mère en souriant. C'était, en effet, terriblement romanesque. Je ne l'ai jamais regretté, Xénia. C'est finalement la chose la plus raisonnable que j'aie faite, et j'ai grâce à ça été la femme la plus heureuse du monde.

Certes, on ne pouvait douter du bonheur de ses parents. Il suffisait à Xénia de surprendre le visage de sa mère quand son père entrait dans une pièce, et le regard soudain adouci de ce dernier, pour en déduire qu'ils partageaient la même félicité.

– J'ai souvent cherché à savoir d'où vous veniez, maman. Bien que vous ne me l'ayez jamais dit, je crois qu'il doit s'agir de l'Europe de l'Est.

– Qu'est-ce qui vous le fait croire?

Xénia avait ri.

– Les gens prétendent que vos cheveux et les miens sont de la même couleur que ceux de l'impératrice d'Autriche, expliqua-t-elle, et ils supposent que nous avons du sang hongrois dans les veines.

– C'est exact, reconnut tranquillement Mrs Sandon.

– Racontez... Oh, racontez-moi tout, maman. Je vous promets de n'en rien répéter à personne.

Mrs Sandon s'était tue un instant.

– Mon père, dit-elle enfin – votre grand-père –, est le roi Constantin de Slovie.

Xénia eut le souffle coupé, et réussit enfin à dire :

– Est-ce vrai, maman, ou bien est-ce un conte de fées?

– C'est vrai, dit Mrs Sandon avec un sourire.

– Comment se fait-il que vous n'ayez pas de titre?

– C'est ce que j'essaie de vous expliquer, chérie. J'ai dû renoncer à tout en suivant votre père.

Xénia battit des mains. Elle plongea son regard dans celui de sa mère et l'écouta avec toute son attention.

– J'aurais tant aimé que vous voyez votre père le jour où il fit son apparition au palais. Il était si beau et il portait si bien l'uniforme que mon cœur s'arrêta de battre. Je crois bien que j'ai su dès cet instant que j'étais amoureuse de lui.

– Et lui, était-il aussi tombé amoureux de vous, maman?

– Sur-le-champ! répliqua Mrs Sandon. Il m'a dit ensuite que dès qu'il m'a vue, il a su tout de suite que j'étais celle qu'il cherchait depuis toujours.

– Il vous a dit ça!

– Pas immédiatement bien sûr, car il nous était

difficile de nous voir, mais nous y sommes parvenus cependant. Quand nos regards se sont rencontrés et que sa main a touché la mienne, les mots ont été inutiles. Nous avons su que nous nous appartenions.

– Qu'est-il arrivé? demanda Xénia, haletante.

– Nous avons essayé de lutter contre ce sentiment. Nous avons combattu d'abord ce qui ne pouvait manquer de provoquer consternation et colère.

– Voulez-vous dire que votre père, le roi, ne trouvait pas que papa était un mari digne de vous? demanda Xénia.

– Il n'aurait même pas imaginé qu'une telle alliance soit possible. D'ailleurs, il avait à peine remarqué l'existence de votre père.

– Pourquoi papa était-il dans votre palais?

– Il était venu en Slovie en qualité d'aide de camp d'un général anglais chargé d'une mission militaire.

– Il devait en effet être difficile de vous rencontrer.

– Cela aurait été impossible si ma sœur jumelle ne m'avait à ce point ressemblé.

– Vous ne m'aviez pas dit non plus que vous aviez une sœur jumelle, interrompit Xénia.

– Si vous saviez comme je brûlais de vous parler d'elle. Les jumeaux sont plus proches l'un de l'autre que de tous les autres membres de leur famille. Quand je suis partie avec votre père, et Dieu sait combien je l'aimais, j'ai eu l'impression d'abandonner un peu de moi-même avec Dorottyn.

– Quel joli nom! J'ai toujours beaucoup aimé le vôtre aussi... Lilla.

– Quand je suis arrivée en Angleterre, je voulais le transformer en Lilly, mais votre père s'y est opposé. Il disait que Lilla m'allait bien. Vous savez que je fais toujours ce qu'il veut.

– Il fait également ce que vous voulez, dit Xénia en riant.

– J'ai été infiniment heureuse, murmura rêveusement Mrs Sandon.

– N'avez-vous pas regretté de quitter votre palais et votre famille?

– Dorottyn m'a manqué, et j'ai accepté difficilement d'être reniée.

– Comment ont-ils pu faire une chose pareille? demanda Xénia avec indignation.

– Je crois que ma conduite les a scandalisés. Non seulement j'étais tombée amoureuse d'un roturier, mais j'avais en plus refusé une alliance très avantageuse qu'ils avaient prévue pour moi et qu'ils jugeaient souhaitable pour notre pays.

– On m'a toujours dit, en effet, que les mariages royaux étaient arrangés, dit Xénia.

– Beaucoup d'autres le sont aussi, déclara Mrs Sandon. En tout cas, on ne tient aucun compte des sentiments ou des préférences des épouses royales. (Elle se mit à rire et tendit les bras vers sa fille.) Oh, Xénia, comment puis-je vous expliquer la différence? En étant mariée à votre père, j'étais aimée pour moi-même et non pour ma fortune car, naturellement, je ne pouvais pas lui apporter de dot. Je n'avais rien, en vérité!

– Est-ce que papa a été obligé de quitter l'armée?

– Bien sûr, autrement, nous aurions causé un scandale impardonnable, ma famille fit de son mieux pour étouffer l'affaire. Un aide de camp anglais s'était enfui avec la fille d'un roi! C'était inconcevable. Je crois que la mission militaire fut bouleversée elle aussi.

– Quelle importance cela pouvait-il avoir?

– Le protocole est très strict dans un palais et la moindre erreur peut prendre des proportions démesurées. Vous comprenez donc qu'il nous était impossible de rester.

– Est-ce pour cela que vous êtes venus à Little Coombe?

– Votre père connaissait déjà ce village. Quand il m'a montré la petite maison qui nous y attendait, je me suis crue au paradis.

Mrs Sandon regarda sa fille et poursuivit : Quand vous serez amoureuse, ma chérie, vous comprendrez qu'on puisse rester seule avec l'homme qu'on aime, car rien d'autre ne compte.

– Je suis sûre que papa pense de même.

– Sans doute. Mais sans doute aussi regrette-t-il, à tort, de ne pouvoir m'offrir le luxe dont je jouissais en Slovie.

– Est-ce parce que vous vous êtes enfuis que nous avons toujours été si pauvres? demanda Xénia.

– Exactement, ma chérie, et mon seul regret est de ne pas pouvoir vous offrir ce que je voudrais.

– Je suis très heureuse ainsi, assura Xénia. Tant que je pourrai monter à cheval avec papa, tant que vous vous chargerez de mon éducation, je m'estimerai toujours favorisée.

Mrs Sandon passa un bras autour de la taille de Xénia et l'embrassa.

– Voilà exactement ce que j'espérais vous entendre dire, ma chérie, lorsque je vous ai confié mon secret.

– C'est un secret si émouvant! s'exclama Xénia. Mais pourquoi votre sœur n'est-elle pas restée en relation avec vous? Vous avez dû lui manquer aussi.

– J'en suis bien sûre, avoua Mrs Sandon. Malheureusement, il lui était impossible de communiquer avec moi et d'enfreindre les ordres de mon père. D'ailleurs elle ignorait où j'étais.

– Vous ne lui aviez donc pas écrit?

– Non. Je ne voulais pas lui faire de tort.

– S'est-elle mariée?

– Oui. Un an après mon départ de Slovie, j'ai lu l'annonce de son mariage avec l'archiduc Frédéric de Prusse.

– Quel impressionnant personnage!

– C'est l'homme que mon père voulait me faire épouser, répondit-elle. Cependant, croyez bien, ma chérie, que je n'ai pas un moment souhaité être à la place de ma sœur.

– A-t-elle des enfants? demanda Xénia avec curiosité.

– Je ne sais pas, répliqua tristement Mrs Sandon. Vous savez, les journaux anglais ne s'intéressent pas beaucoup aux petites cours d'Europe. Quelquefois il est brièvement fait mention de la Slovie. Ainsi j'ai appris il y a deux ans que ma mère était morte.

– Votre père vit-il toujours?

– Oui. C'est un vieillard maintenant. J'ai lu dernièrement que son état de santé était inquiétant. J'avais espéré qu'il viendrait en Angleterre en voyage officiel, mais il ne doit plus pouvoir se déplacer.

Xénia soupira.

– Dire que vous êtes fille de roi, maman.

– Je l'avais oublié, et vous devez en faire autant, dit Mrs Sandon.

– Jamais, lança Xénia. Je veux m'en souvenir. Je comprends maintenant pourquoi il y a tant de noblesse en vous. Je comprends les plaisanteries de papa au sujet de votre nez aristocratique.

Elle alla se planter devant un miroir.

– J'ai le même nez que vous, dit-elle. En vérité, je vous ressemble beaucoup, avec mes cheveux roux et mes yeux verts. Est-ce que j'ai aussi l'air d'une aristocrate?

– J'espère que vous vous conduirez toujours comme si vous l'étiez, reprit Mrs Sandon. Cela signifie que vous devrez être à la fois fière et courageuse, réfléchie et bienveillante envers les autres.

– Exactement comme vous. J'essaierai, maman. Je vous le promets! Comme tout cela est passionnant!

– Pas vraiment, murmura Mrs Sandon.

Elle reprit en haussant le ton.

– Rappelez-vous, Xénia, qu'il ne faut dire à personne qui je suis. Mon père, comme ma mère autrefois, se conduit comme si je n'existais plus.

Sa voix se brisa légèrement. Emue, Xénia lui sauta au cou.

– N'y pensez plus, maman, dit-elle. Il vous reste papa et moi, et nous vous aimons tendrement.

– Il ne m'en faut pas davantage, déclara Mrs Sandon. Soyez assurée, Xénia, que l'amour des siens vaut mieux que le plus somptueux palais.

Par la suite, quand elle se trouva plongée dans le luxe de Berkeley, où il n'y avait place ni pour l'amour ni pour la considération d'autrui, Xénia put vérifier la justesse des propos de sa mère.

– Juste Ciel, ma fille comme vous avez été longue! remarquait aigrement Mrs Berkeley quand elle lui apportait quelque chose qu'elle avait eu du mal à trouver.

– J'ai dû aller au dernier étage, tentait d'expliquer Xénia.

– A votre âge, on monte facilement les escaliers, rétorquait Mrs Berkeley. Quand je veux une chose, il me la faut tout de suite. Quand cesserez-vous donc d'être aussi lente?

Xénia se retint de lui dire qu'elle avait fait de son mieux, car il ne servait à rien de discuter avec cette femme. En d'autres occasions, Mrs Berkeley lui reprochait de courir dans l'escalier, ce qui manquait de dignité et donnait le mauvais exemple aux autres servantes.

La nuit, quand elle était couchée dans sa grande chambre confortable de Berkeley, qui était proche de celle de sa maîtresse parce qu'on pouvait ainsi l'appeler à tout moment, elle regrettait la petite pièce mansardée qu'elle occupait chez ses parents.

Il lui suffisait là-bas de regarder par la fenêtre pour croire que tout n'était que soleil et joie. Il y avait dans la maisonnette une atmosphère paisible et heureuse qu'elle n'apprécia vraiment qu'après l'avoir perdue.

Mrs Berkeley interrompit soudain sa rêverie.

– Vous n'écoutez pas ce que je vous dis, Xénia! fit-elle sèchement.

– Je vous prie de m'excuser, s'empressa de dire la jeune fille. Les roues du wagon font un tel bruit.

– Je déteste me répéter. Je vous recommandais donc de prendre garde à nos bagages à main quand nous serons à Douvres. Tous les continentaux sont des brigands et des voleurs. J'ai bien peur de voir disparaître mes précieuses affaires pendant que vous bayerez aux corneilles.

– Je ferai très attention, promit Xénia.

– J'y compte bien. Souvenez-vous que votre voyage me coûte déjà assez cher comme ça.

– J'en suis consciente, dit Xénia, et je vous ai déjà remercié à plusieurs reprises.

– Vous n'avez fait que votre devoir, répliqua

Mrs Berkeley. La robe que vous portez vaut à elle seule une somme considérable. Je ne pouvais tout de même pas voyager avec une jeune personne attifée comme une mendiante.

C'était à la fois faux et vexant. Xénia rougit, mais comme elle l'avait appris, elle se garda de répondre à cette attaque.

Mrs Berkeley avait commencé à critiquer les robes de Xénia dès son arrivée à Berkeley. Le tissu n'en était sans doute pas de la première qualité, mais elles avaient été fort bien faites par sa mère et elles étaient d'un goût parfait.

Mrs Berkeley avait d'abord obligé Xénia à s'habiller en noir, puis au bout de cinq mois, elle lui avait brusquement ordonné de quitter le deuil.

– Je déteste le noir, avait-elle déclaré. De plus, avec votre teint blafard d'anémique et vos flamboyants cheveux roux, il vous donne une allure vraiment trop théâtrale.

Docilement, Xénia avait ressorti les vêtements qu'elle portait avant la mort de son père et de sa mère. Comme on l'avait alors tournée en ridicule, elle s'était crue obligée de manifester un vif intérêt pour ceux que Mrs Berkeley avait achetés pour les remplacer.

Elle savait très bien que si ses robes déplaisaient tant à sa maîtresse, c'est parce qu'elles mettaient en valeur la blancheur de son teint.

– Elle a la même peau que vous, mon amour. C'est un magnolia que je touche. C'est un magnolia que j'embrasse, disait souvent son père.

Mrs Berkeley avait donc choisi des robes qui atténuaient le plus possible l'éclat de son teint. Cependant, elle ne pouvait rien faire contre les cheveux de Xénia qui étaient de ce roux vénitien cher aux artistes peintres. On retrouvait leur couleur dans le portrait d'Elizabeth, impératrice d'Autriche, peint par Winterhalter.

– Sommes-nous parentes de la plus belle reine d'Europe? avait une fois demandé Xénia à sa mère.

– C'est, en fait, une lointaine cousine, avait répondu la mère. Vous avez aussi du sang hongrois dans les veines.

Elle avait repris avec un sourire :

– Vous comprenez maintenant pourquoi je veux que vous appreniez l'allemand et le hongrois. Votre père pensait que cela n'était pas nécessaire, mais j'ai insisté.

– Croyez-vous, maman, que j'irai un jour en Slovie?

– Notre peuple a été formé par la rencontre des deux nations qui entourent notre territoire, avait expliqué la mère. Il en est de même pour notre langue. Bien des mots que nous employons sont allemands, d'autres sont hongrois.

Elle eut soudain l'air songeur.

– Mon père tenait à ce que nous connaissions plusieurs langues. Nous devions être capables de parler à nos voisins dans leur langue. Quand le roi de Luthénie vint nous rendre visite, je me rappelle qu'il fut ravi de nous entendre, Dorottyn et moi, nous exprimer en luthénien.

– Je crains bien de ne pouvoir jamais être aussi savante que vous, maman.

– Il est, en effet, difficile d'apprendre une langue sans connaître le pays d'origine. Vous verrez cependant – quand vous saurez l'allemand, le français et le hongrois et peut-être un peu de grec –, qu'on peut arriver à parler toutes les langues des Balkans.

Xénia s'était donc mise à étudier assidûment les

langues. Auparavant, elle avait pensé comme son père que c'était une perte de temps.

Quand elle était seule avec Mrs Sandon, les deux femmes ne parlaient jamais anglais.

Bientôt Xénia se mit à rêver qu'un jour – ne fût-ce qu'en voyageant de la manière la plus économique possible –, elle visiterait la Slovie et les autres royaumes que sa mère connaissait si bien.

Ce voyage en France avec Mrs Berkeley ne marquait-il pas le début de son rêve?

– Je suppose que vous ne savez pas un mot de français, observa la dame en question.

Le ton qu'elle employait montrait qu'en réalité cela ne faisait pas de doute dans son esprit. Elle affirmait ainsi sa supériorité sur Xénia.

– Je le parle couramment, répondit-elle.

– Vraiment? s'exclama Mrs Berkeley en haussant les sourcils. J'oubliais que vous aviez du sang étranger. Rien qu'à voir votre mère, c'était une évidence, ajouta-t-elle sèchement.

Indignée, Xénia ne put s'empêcher de répliquer :

– C'est vrai, maman n'était pas anglaise! Elle est née dans les Balkans.

– Oh... les Balkans! soupira Mrs Berkeley dédaigneusement comme s'il s'agissait d'une origine méprisable.

Xénia se hâta de changer de sujet de conversation de peur d'exploser de colère.

Elle se demanda si sa mère aurait été heureuse de la voir aller en France.

Souvent, lorsqu'elle était allongée dans son lit, elle croyait l'entendre parler comme si elle était encore près d'elle, et lui dire à quel point elle souffrait de leur séparation.

Elle savait, d'ailleurs, qu'elle aurait été affreusement égoïste en souhaitant que l'un de ses parents ait survécu à l'autre.

L'amour qui unissait les deux défunts n'était pas comparable aux sentiments qu'ils éprouvaient pour leur fille et la mort de l'un aurait inévitablement tué l'autre.

Mrs Berkeley consulta sa montre.

– Nous ne tarderons plus à arriver, dit-elle. Les voyages en train me sont de plus en plus insupportables, et je préfère ne pas penser aux malheureux qui sont entassés dans les wagons de deuxième ou de troisième classe.

Une fois de plus, Xénia comprit que cette remarque était destinée à lui montrer combien elle était favorisée de voyager dans le luxe.

Elle s'apprêtait à dire ce qu'on attendait d'elle en pareil cas, quand soudain une explosion retentit. La voiture fut violemment secouée. Mrs Berkeley poussa un cri perçant, et leur wagon versa.

Xénia était trop terrorisée pour crier. Elle chercha fiévreusement du bout des doigts quelque chose où s'agripper, mais en vain. Elle fut soudain projetée sur la gauche et perdit conscience...

Xénia revint lentement à elle. Un bruit indescriptible bourdonnait dans ses oreilles.

Dans un demi-brouillard, elle sentit quelqu'un la soulever et la déposer sur le sol.

Les cris et les gémissements, mêlés au sifflement aigu de la vapeur qui s'échappait, couvraient tous les autres bruits. Elle garda les yeux obstinément fermés.

Elle sentit qu'on s'emparait d'elle de nouveau. Abasourdie et encore à demi inconsciente, elle ne fit aucun effort pour montrer qu'elle savait ce qui se passait.

Elle crut comprendre qu'on la transportait sur une sorte de brancard, mais le bruit l'empêchait de penser.

Elle devina en entendant le sifflement de la vapeur s'intensifier qu'on la portait vers la locomotive.

Un homme s'écria :

– Heureusement que nous l'avons trouvée! C'est une veine! D'autant plus que la gare est tout près.

« Je sais ce qui est arrivé, se dit Xénia. Il y a eu... un accident de chemin de fer. »

C'était idiot de ne pas l'avoir compris plus tôt, mais tout était arrivé si rapidement : les secousses du wagon, l'explosion, l'évanouissement.

Elle songea à demander des nouvelles de Mrs Berkeley, mais elle fut incapable de fournir cet effort.

Elle perdit à nouveau conscience, puis revint à elle. Elle identifia les bruits sourds des pas qui résonnaient sur un plancher et en déduisit qu'elle se trouvait dans un bâtiment.

– Elle sera bien, ici, dit une voix d'homme. Je vais essayer de trouver un docteur.

– Bonne idée, répondit l'autre. Dis aux autres qui s'agitent comme des forcenés que nous l'avons déjà trouvée.

Xénia sentit qu'on la posait à terre. Elle entendit décroître le pas des hommes, qui sortirent de la pièce et refermèrent la porte derrière eux.

Elle resta immobile quelques minutes, puis ouvrit les yeux avec effort. Elle vit un plafond, des murs peints d'une vilaine couleur brune. Elle devina qu'elle était dans la salle d'attente d'une gare. Elle se rappela vaguement avoir entendu quelqu'un dire que la gare était près du lieu de l'accident.

Elle se força à s'asseoir. Elle avait eu raison de penser qu'on l'avait transportée sur un brancard, car elle l'aperçut, posé sur le parquet recouvert de linoléum.

La pièce était plus petite qu'une salle d'attente habituelle. Outre l'inévitable banc inconfortable, deux fauteuils faisaient face à la cheminée.

Doucement, très, très doucement, Xénia se leva. « Rien de cassé », constata-t-elle avec satisfaction.

Mis à part un mal de tête, tout allait bien. Mais, se sachant encore faible et tremblante, elle préféra s'asseoir sur le banc.

Ses mains étaient nues, car elle avait perdu ses gants... Elle défit les rubans de son bonnet et l'enleva, estimant qu'elle pourrait ainsi penser plus librement.

« Il y a eu... un accident de chemin de fer, se dit-elle. Le train a dû heurter quelque chose, peut-être un autre... train. La collision l'a fait... dérailler. »

Elle soupira. Ses mains et ses jambes, encore faibles, frémissaient.

« C'est le... choc, pensa-t-elle. Ce qu'il me... faudrait maintenant, c'est... une boisson chaude. » Elle eut soudain honte de ne penser qu'à elle, au lieu de s'inquiéter du sort de Mrs Berkeley, et elle se demanda pourquoi on ne transportait pas d'autres voyageurs dans la salle d'attente.

Il y avait deux portes. L'une d'entre elles, au fond de la pièce, avait des panneaux de verre dépoli. Ce devait être celle d'un vestiaire.

Xénia tenta de se lever à nouveau. Sa hanche lui faisait effectivement mal, mais elle ne souffrait manifestement d'aucune autre contusion. Elle se dirigea vers la porte et l'ouvrit.

Elle avait raison, c'était bien un vestiaire.

Elle se regarda dans le miroir accroché au-dessus du lavabo, et fut effrayée par la pâleur de son visage.

– Il faut que... je boive... un peu d'eau, je partirai... à la recherche de Mrs Berkeley.

Elle prit un des deux verres posés sur la cuvette et ouvrit le robinet. Sa mère lui avait toujours recommandé de laisser couler l'eau afin d'éliminer la rouille et les impuretés qui avaient pu s'accumuler dans le tuyau. Elle attendit donc un instant avant de se servir.

La fraîcheur vivifiante de l'eau dissipa le choc qu'elle avait subi.

Elle se lava les mains et les appuya sur son front.

– Il faut que... je réfléchisse. Je ne suis pas blessée... et je dois retrouver... Mrs Berkeley.

Elle eut l'impression que les mots se répétaient indéfiniment dans son esprit. Elle secoua la tête et se résolut à regagner la salle d'attente.

Pendant son absence, quelqu'un d'autre était entré dans la pièce. C'était une femme. Xénia la vit d'abord de dos. Elle s'avançait vers le banc pour s'emparer du bonnet. Elle avait déjà saisi les rubans lorsque, soudain, elle se retourna.

Xénia eut un instant l'impression de voir trouble. Elle se dit que ses yeux la trompaient et qu'elle avait encore devant elle le visage réfléchi par le miroir du vestiaire.

« Je suis toujours... sous le choc », pensa-t-elle.

La femme prit la parole.

– Seigneur! s'exclama-t-elle. Qui êtes-vous?

Xénia fut incapable de répondre. Elle vit en

dévisageant l'étrangère que celle-ci avait les mêmes cheveux roux qu'elle, la même peau blanche et les mêmes yeux verts ombragés de cils noirs.

– Comment vous appelez-vous? demanda-t-elle brutalement.

– Xénia... Sandon.

– J'aurais pu le deviner toute seule.

– Voulez-vous dire...?

– Vous êtes ma cousine. Je savais que j'en avais une, mais je ne m'attendais pas à ce que la ressemblance soit si frappante. Mais puisque nos mères étaient jumelles...

Dans l'esprit encore troublé de Xénia, cette révélation éclata comme une bombe.

– Voulez-vous dire... que vous êtes la fille de... ma tante... Dorottyn?

– Naturellement! Je m'appelle Johanna, ou plutôt Johanna Xénia. Je crois que nos mères se sont promis, si elles avaient une fille, de l'appeler Xénia, en souvenir de leur poupée préférée.

Xénia se mit à rire nerveusement.

– Maman m'avait dit que... mais je n'aurais pas cru... Je n'aurais jamais pensé... qu'il y avait au monde quelqu'un... qui me ressemble autant.

– Certes, nous sommes l'exacte réplique l'une de l'autre, dit Johanna. Mais est-ce vraiment si surprenant que cela? N'oubliez pas que nos mères étaient jumelles et que je ressemble déjà étonnamment à la mienne.

– Moi aussi, répondit Xénia.

Elle faillit perdre l'équilibre. Johanna intervint :

– Vous feriez mieux de vous asseoir. Etes-vous blessée?

– Non, seulement commotionnée... J'ai perdu connaissance... On m'a transportée... ici.

Johanna se mit à rire.

– Je crois, dit-elle, qu'ils vous ont prise pour moi.

– Pourquoi dites-vous cela? demanda Xénia.

– Eh bien, il se trouve que nous sommes dans la gare particulière du Gouverneur des Cinq-Ports(1). C'est du moins ce qu'on m'a dit. Je suppose que cette pièce lui est réservée. Les autres passagers doivent être dans la salle d'attente publique.

– Oh... je comprends... dit Xénia. Je me rappelle qu'un homme a dit : « Heureusement que nous l'avons vite trouvée. »

– Ils vous ont donc prise pour moi, reprit Johanna.

Elle s'assit sur une chaise à côté de Xénia. Après un bref silence, elle lui demanda :

– Où allez-vous? Pourquoi étiez-vous dans le train?

– Je vais en France avec une certaine Mrs Berkeley. Je suis sa... Je l'accompagne. Mon père et ma mère... sont morts tous les deux l'année dernière.

– J'en suis navrée, dit Johanna. Cela a dû être terrible pour vous.

– Nous étions très heureux, soupira Xénia.

Sa cousine la regarda avec curiosité.

– Ainsi, votre mère a été heureuse. Je me le suis toujours demandé. Je sais que cela inquiétait ma mère.

– Maman et papa ont été merveilleusement heureux ensemble, répliqua Xénia. Ma mère disait toujours qu'elle n'avait jamais regretté de vivre pauvre dans une chaumière, du moment qu'elle était près de mon père.

– Votre mère était un être exceptionnel. Je crois que je ne serai jamais aussi courageuse.

(1) En Angleterre, les Cinq-Ports (Douvres, Hastings, Hythe, Romney, Sandwich) jouissaient de certains privilèges.

– Vous le seriez, si vous étiez amoureuse.

– Je suis amoureuse, dit Johanna. Mais tout abandonner... tout ce que j'ai toujours connu... même pour vivre avec Robert?

Xénia la regarda, surprise.

– Etes-vous amoureuse d'un Anglais?

– Oui, exactement comme votre mère.

– Allez-vous vous enfuir avec lui?

– Je le voudrais bien, répondit Johanna, mais, honnêtement, je ne suis pas assez courageuse.

– C'est donc que vous n'êtes pas vraiment amoureuse.

– Vous en parlez à votre aise. Je dois épouser le roi Istvan de Luthénie. Si je m'enfuyais, mes parents m'en voudraient jusqu'à leur mort.

– Maman était exactement dans la même situation, dit Xénia. Elle devait épouser l'archiduc Frédéric...

Elle s'arrêta net, en se rappelant que le personnage en question s'était marié ensuite avec sa sœur jumelle.

Johanna la regarda, perplexe.

– Voulez-vous dire que votre mère devait épouser papa?

Elle renversa la tête en arrière et éclata de rire.

– Oh, je comprends maintenant pourquoi on me cachait tellement de choses! s'exclama-t-elle. Papa a dû être furieux qu'on lui préfère un roturier, et un Anglais en plus!

– Mais il s'est marié avec votre mère, dit vivement Xénia.

– Je suppose qu'à ses yeux une jumelle valait l'autre, convint Johanna. Je ne suis pas surprise cependant qu'il ait été interdit de prononcer le nom de votre mère. Je ne peux parler d'elle que lorsque je suis seule avec maman.

– Ma mère n'a jamais connu votre existence, dit Xénia. Elle aurait bien voulu savoir si tante Dorottyn avait des enfants, mais il n'y avait aucun moyen de s'en assurer; les journaux anglais parlent si peu de la Slovie.

– Les nôtres parlent également bien peu de l'Angleterre, répliqua Johanna avec défi, comme si elle était piquée dans son honneur.

» Evidemment, reprit-elle, nous nous inclinons bien bas devant votre reine. Dieu sait combien elle est intimidante!

– Vous la connaissez? demanda Xénia.

– J'ai passé deux nuits au château de Windsor. C'est d'ailleurs une des raisons pour lesquelles j'ai été autorisée à venir en Angleterre. Robert y était aussi. Ce fut si merveilleux de nous rencontrer en cachette!

Son visage s'illumina tout à coup, puis elle reprit :

– Mais à quoi bon puisqu'on m'ordonne de me rendre immédiatement en Luthénie, soupira-t-elle avec découragement.

Soudain, elle regarda Xénia droit dans les yeux.

– Ecoutez, lança-t-elle. J'ai une idée!

– Une idée? demanda Xénia.

– Tâchez de vite comprendre, car nous avons très peu de temps.

– Que voulez-vous... dire? De quoi parlez-vous?

Johanna regarda par-dessus son épaule, comme si elle craignait de voir quelqu'un entrer d'un moment à l'autre. Puis elle reprit :

– J'avais formé le projet... Ne me demandez pas comment, car c'était effectivement assez compliqué... J'avais donc formé le projet de passer dix jours avec Robert avant de retourner chez moi. Il avait tout arrangé. Pour la dernière fois de notre vie, nous allions être ensemble.

Un sanglot brisa la voix de Johanna, mais elle réussit à poursuivre :

– Puis j'ai reçu l'ordre par l'intermédiaire du British Foreign Office que notre ambassade avait contacté, de me rendre immédiatement en Luhénie.

Elle s'arrêta un instant.

– Maintenant que je vous ai trouvée, continua-t-elle, je peux rejoindre Robert. Personne ne saura que je ne suis pas en Luthénie.

– Que... que dites-vous? demanda Xénia.

– Vous m'avez dit que vous accompagniez une femme. Si vous disparaissiez, en serait-elle très affectée?

– Je crois qu'elle chercherait... à se renseigner.

– Elle pensera que vous avez été tuée au cours de l'accident, trancha Johanna. Pendant ce temps-là, vous irez en Luthénie à ma place!

– C'est insensé! Comment pourrais-je faire une chose pareille? demanda Xénia.

– Qui le saura? A vous voir, qui s'en doutera? répliqua Johanna.

Elle se leva brusquement.

– Ecoutez, Xénia, on peut venir à tout moment. Il faut que nous changions de vêtements le plus vite possible.

– Je... Je ne peux pas faire cela... On finira par découvrir la vérité.

– Certainement pas, objecta Johanna. Si vous êtes embarrassée, vous n'aurez qu'à dire que depuis l'accident, vous êtes victime de trous de mémoire, ou que vous n'êtes plus vous-même. Ce sera très compréhensible, étant donné les circonstances.

Xénia la regarda, les yeux écarquillés.

– Suggérez-vous vraiment que... je me fasse passer pour vous?

– Ecoutez-moi, dit Johanna. Tout ce que vous avez à faire est d'aller en Luthénie pour découvrir ce qui les presse tellement. Mes fiançailles ont été annoncées il y a trois mois; nous ne devions pas nous marier avant l'automne. Je suppose qu'il s'agit de quelque cérémonie au cours de laquelle il convient que j'apparaisse. De toute façon, ça ne doit être rien de bien important.

– Mais... le roi... votre fiancé saura que je ne suis pas... vous.

– A en juger par sa conduite dans le passé, il ne vous prêtera probablement pas beaucoup d'attention, déclara Johanna d'un ton cassant.

– Pourquoi? Je ne comprends pas.

– Je vous le dirai pendant que nous nous changerons. Allons, venez vite dans le vestiaire. Vous devez mettre ma robe et me passer la vôtre.

– Nous ne pouvons pas... Je veux dire... c'est impossible! tenta encore d'objecter Xénia.

Mais Johanna lui avait déjà pris la main et l'entraînait à travers la pièce. Elle ramassa en passant le bonnet que sa cousine avait abandonné pendant leur discussion.

Dès qu'elles furent dans le vestiaire, elle ferma la porte à clef derrière elles.

– Maintenant, déshabillez-vous, dit-elle.

– Vous êtes folle! protesta Xénia. Il suffira que j'ouvre la bouche pour que quelqu'un se rende compte de la supercherie.

– Personne en Luthénie n'a jamais entendu parler de vous, dit Johanna. Vous n'aurez qu'à parler slovien.

– Oui, bien sûr! fit Xénia. Maman m'a appris

toutes les langues qu'elle savait. En fait, le luthénien ressemble beaucoup au slovien.

– De quoi vous inquiétez-vous alors? demanda Johanna. Vous n'aurez qu'à sourire à tout ce qu'on vous dira. Il vous suffira d'être aimable. Dès que je vous rejoindrai, vous pourrez regagner l'Angleterre.

Elle ajouta après un petit temps de réflexion :

– Je vous paierai, bien entendu. Toute peine mérite salaire. Laissez-moi réfléchir. Il faut que je calcule en monnaie anglaise... Je vous donnerai cent... non, disons deux cents livres.

– Deux cents livres! s'exclama Xénia.

C'était plus qu'elle ne pouvait gagner pendant des années chez Mrs Berkeley.

– Je peux disposer de deux cents livres sans qu'on me pose de questions, dit Johanna. En outre, si vous êtes vraiment dans le besoin, Robert, c'est-à-dire lord Gratton, vous sera tellement reconnaissant de nous permettre pour la première fois de passer dix jours ensemble qu'il n'hésitera pas à vous aider.

– Comment l'avez-vous rencontré? demanda Xénia, poussée par la curiosité.

Johanna sourit. Le spectacle parut étrange à sa cousine, qui avait l'impression de voir sourire ses propres lèvres.

– Robert avait été envoyé à l'ambassade britannique de Slovie. Nous sommes tout de suite tombés éperdument amoureux l'un de l'autre, et voilà!

– Vous ne voulez cependant pas vous enfuir avec lui?

– Il me l'a demandé. Il serait même prêt à abandonner sa carrière dans la diplomatie. Mais comment pourrais-je échapper à mon destin de reine? papa me tuerait!

– Maman n'a jamais regretté d'être partie avec l'homme qu'elle aimait.

– Pour le moment, je me contenterai de passer dix jours avec Robert, comme nous nous l'étions promis, dit Johanna.

Elle reprit sur un ton plus ferme :

– Allons, Xénia. Dépêchez-vous de vous changer. On ne tardera certainement plus à retrouver mes dames d'honneur.

– Vous ne pouvez pas... exiger cela de moi. C'est impossible, Johanna, protesta Xénia. Vos dames d'honneur! Que penseront-elles, seigneur?

– Elles ne penseront rien du tout, affirma Johanna.

Elle parlait d'une voix saccadée et mal assurée.

– Le seul danger peut venir de la baronne von Absicht, qui est venue avec moi de Slovie, expliqua-t-elle. C'est une vieille fouinarde. Mais comment pourrait-elle imaginer un seul instant que nous nous sommes rencontrées pour la première fois, vous et moi, grâce à un accident de train?

– Cela semble en effet tiré par les cheveux, reconnut Xénia.

– Cela ressemble aux romans osés que maman m'interdit de lire, dit Johanna. Mais j'ai d'autres choses à vous dire au sujet de mon entourage.

– Je... Je ne peux pas faire ce que vous me demandez!

– Il faut que vous m'aidiez, Xénia, implora Johanna. De plus, vous savez autant que moi à quel point ces deux cents livres vous seront utiles!

C'était une évidence, et tout en enlevant sa robe, Xénia écouta Johanna :

– L'autre dame d'honneur, Mme Gyula, vient de Luthénie. Elle n'est arrivée qu'aujourd'hui à Londres, il n'y a donc rien à craindre de ce côté. Par contre, il y a ma femme de chambre.

– Elle soupçonnera certainement quelque chose.

– Elle pensera simplement que l'accident m'a traumatisée, trancha Johanna. Nous ferions mieux de changer aussi nos sous-vêtements, sans vouloir vous vexer, les vôtres ne semblent pas être aussi raffinés que les miens.

– Je n'ai jamais rien vu d'aussi beau que les vôtres, répondit Xénia.

– Eh bien, vous pouvez les garder, ainsi que toutes mes affaires. Elles sont, en effet, assez jolies. Elles font partie de mon trousseau. J'ai choisi certaines d'entre elles à Paris, quand je me rendais en Angleterre.

– Et cela ne vous ennuie pas de me voir les porter?

– De toute façon, vous n'avez pas le choix. Il serait bien trop risqué de réclamer vos bagages personnels.

Xénia joignit les mains.

– Oh, Johanna, je vous en supplie, ne m'obligez pas à faire une chose pareille! Jamais je ne saurai me comporter comme il faut. Je n'ai encore jamais pénétré dans un palais!

– Ne vous tourmentez pas pour cela, dit Johanna. Il y aura toujours une vieille femme assez zélée pour vous dire ce qu'il faut faire : « Que Votre Altesse Royale n'oublie pas ses gants »; « Votre Altesse Royale doit faire la révérence »; « Il faut que Son Altesse Royale serre la main du maire. » Quelquefois j'en hurlerais d'impatience!

– En ce qui me concerne, toute aide sera la bienvenue, dit Xénia

Johanna sourit.

– Je savais bien que vous ne me laisseriez pas

tomber. Songez à quel point je serai heureuse avec Robert! Nous devons aller dans une petite maison qu'il possède en Cornouailles. Nous y serons enfin seuls tous les deux.

Xénia ouvrit de grands yeux.

– Seuls?... Voulez-vous dire...? Voulez-vous insinuer...?

– Que Robert est mon amant? Eh bien, oui. C'est mon amant, et cela va faire un an!

– Oh, Johanna... Je n'aurais jamais osé penser... Je ne croyais pas qu'on pouvait...

– Se comporter avec une telle impudence? continua Johanna. Je me demande où vous avez été élevée, Xénia. C'est la chose la plus naturelle du monde, dans tous les pays. C'est très courant de nos jours.

Xénia comprit qu'elle se moquait d'elle, mais elle n'arrivait pas à revenir de sa surprise.

Elle n'avait jamais imaginé qu'une jeune fille de son âge, qui appartenait à une famille convenable, pût avoir un amant, alors qu'elle était déjà fiancée à un autre homme.

– Mais... le roi? balbutia-t-elle au bout d'un moment.

– Le roi n'est pas à plaindre, il a Elga, sa maîtresse. Nous avons convenu de vivre chacun notre vie une fois mariés.

Xénia demeura silencieuse.

– Cela vous choque? demanda Johanna.

– Plutôt. Il me semble que c'est une manière cynique et déplaisante de se préparer au mariage.

– Ce qui est encore plus déplaisant, c'est d'épouser un homme qu'on n'aime pas, riposta Johanna. Vous n'avez connu que la vie des simples bourgeois; vous devez bien comprendre que les personnes de sang royal ne peuvent échapper à certaines obligations.

– C'est pourtant ce qu'a fait ma mère.

– Peut-être, mais elle a scandalisé l'Europe entière. Oh, je sais bien qu'on a essayé d'étouffer l'affaire, dit Johanna. Il n'empêche qu'on en parlait à voix basse dans toutes les Cours. Il ne faut pas oublier que, mis à part la déraison de son acte, le comportement de votre mère a nui à l'institution monarchique.

– Maman ne croyait pas avoir tant d'importance.

– Eh bien, elle se trompait. Je ne veux pas être un aussi déplorable exemple, déclara Johanna.

Elle vit les yeux de sa cousine s'envahir de larmes et se pencha vers elle pour l'embrasser.

– Ne vous inquiétez pas pour moi, Xénia. Je ne pense pas me conduire mal. Je ne vous remercierai jamais assez de nous permettre, à Robert et à moi, de passer dix jours de bonheur.

Elle eut l'air songeur, puis ajouta avec une certaine solennité :

– Je n'aurai que ce souvenir à chérir au cours des prochaines années.

– Changez d'avis. Epousez Robert, implora Xénia.

– Non! répliqua Johanna. Je suis fiancée au roi Istvan. Je veux être reine. Votre rôle consistera uniquement à me garder la place tout en évitant un scandale.

– Comment correspondrons-nous?

– Laissez-moi faire, dit Johanna. J'apparaîtrai un beau jour au palais; vous n'aurez alors qu'à prendre votre argent et à rentrer chez vous.

Tout semblait si facile que Xénia finit par céder. De toute façon, elle n'avait plus la force de protester.

– Et vous? demanda-t-elle d'une voix faible. Comment retrouverez-vous... Seigneur quel est son nom... Ah, lord Gratton?

– Les voies de la providence sont impénétrables, répondit Johanna. Robert avait l'intention, bien que je l'eusse averti du danger, de me retrouver à Douvres. D'ailleurs, il doit déjà y être. Il voulait me dire au revoir avant que je ne m'embarque pour traverser la Manche.

Elle reprit, tout en boutonnant la robe bleue de Xénia.

– Nous devons descendre à l'hôtel du Gouverneur dès notre arrivée. Robert y sera. Quand je lui dirai que je suis libre de le suivre, il vous sera aussi reconnaissant que moi.

– Il sera bouleversé d'apprendre que votre train a eu un accident.

– Je pense qu'on dirigera aussitôt que possible sur Douvres les passagers qui ne sont pas blessés, répliqua Johanna. De toute façon, ne vous inquiétez pas pour moi. J'ai beaucoup d'argent et je sais me débrouiller.

– Je vous trouve très courageuse.

– Et moi, je vous trouve angélique. Vu la situation actuelle, c'est plus précieux que mon courage.

– Ne vous faites pas d'illusions sur moi. Je dois avoir un peu perdu la tête. En temps normal, je n'aurais jamais consenti à cette étrange substitution.

– Etrange, peut-être, mais sûre, en tout cas. Les imbéciles n'y verront que du feu. Arrêtez donc de vous ronger les sangs. Qui au monde imaginerait que deux cousines puissent se ressembler à ce point? Il y a si longtemps qu'on a oublié que nos mères étaient jumelles.

– Et si jamais votre mère me voyait! s'exclama Xénia.

– Aucun danger, répliqua Johanna avec confiance. Même si mes parents le voulaient, ils ne pourraient pas se rendre en Luthénie avant dix jours.

– Pourquoi?

– Parce qu'ils sont en ce moment les hôtes du tsar à Saint-Pétersbourg. Ils ne peuvent quitter la Russie précipitamment.

– C'est assez improbable, en effet, soupira Xénia.

– Vous voyez bien qu'il n'y a pas de quoi s'inquiéter! trancha Johanna. Jouez les déprimées; tout le monde s'occupera de vous. Ils y excellent tous. Moi, cela me rend folle. Comme dit souvent ma mère, j'ai le caractère autoritaire de papa. Je donne plus volontiers des ordres que je n'en reçois.

– Votre père serait horrifié, s'il savait ce que nous sommes en train de faire, dit Xénia.

– Il ne le saura pas, répliqua Johanna. A propos, papa, maman et le roi Istvan sont les seuls à m'appeller Xénia.

– Comme c'est étrange! Pourquoi vous appellent-ils ainsi?

– Maman voulait que ce fût mon seul nom, car elle avait promis à votre mère d'appeler sa fille ainsi. Papa insista pour qu'on me donne aussi le prénom de sa grand-mère. Quant au roi Istvan, il dit que Johanna lui rappelle une de ses tantes qu'il déteste.

Xénia se mit à rire.

– Au moins, dit-elle enfin, je n'aurai aucun mal à répondre quand on s'adressera à moi.

Johanna se contemplait dans le miroir.

La robe bleu foncé de Xénia, au corsage étroit, moulait sa taille fine et retombait ensuite en plis harmonieux autour de ses hanches.

– Finalement, cette robe n'est pas si vilaine que cela. Elle aurait pu être pire.

– Mais vous n'aurez rien d'autre à vous mettre.

– Cela est sans importance, répondit Johanna. Robert m'achètera à Douvres tout ce dont j'aurai besoin. En fait, il me faudra peu de choses. Je me contenterai de ses bras autour de moi.

Ces propos firent rougir Xénia. Avant qu'elle pût répondre, on frappa à la porte.

– Votre Altesse Royale va-t-elle bien? demanda une voix d'homme.

– Tout à fait bien, merci, Mr Donington, répondit Johanna. Je mets un peu d'ordre dans ma toilette, et je viens vous rejoindre.

– Rien ne presse, Votre Altesse Royale.

– Merci.

Elles entendirent les pas s'éloigner.

– Qui est-ce? chuchota Xénia.

– Mr Somerset Donington, expliqua Johanna tout bas. C'est un membre du British Foreign Office.

– Pourrait-il se douter de quelque chose?

– Non. Il m'a vue aujourd'hui pour la première fois.

Xénia poussa un soupir de soulagement.

– Maintenant, sortez, ordonna Johanna. Ayez seulement l'air un peu égaré, comme il convient après un accident.

– Et vous?

– J'attendrai ici jusqu'à ce que vous soyez partis tous les deux.

– Je... Je ne peux vraiment pas... faire cela!

Johanna se contenta de l'embrasser brièvement sur la joue. Elle ouvrit la porte et sans un mot, la poussa dans la salle d'attente.

Un homme d'âge moyen, l'inquiétude peinte sur son visage, l'attendait.

– Je suis navré d'avoir tant tardé, Votre Altesse Royale. J'ai d'assez mauvaises nouvelles à vous annoncer.

Xénia, qui ne pouvait articuler une seule parole, se contenta de lui lancer un regard interrogateur.

– Je crains que la baronne von Absicht et la femme de chambre ne soient trop gravement blessées pour continuer le voyage. Elles ont été transportées en ambulance dans un hôpital de Douvres. Les médecins pensent qu'elles devront y rester pendant au moins deux ou trois semaines.

– Je suis désolée de l'apprendre.

Xénia était surprise d'avoir pu s'exprimer clairement. Sa voix avait été ferme. Elle pensa que Johanna aurait été fière d'elle.

– J'ai cependant retrouvé madame Gyula, continua Mr Donington. Elle n'a été que légèrement commotionnée. Elle attend Votre Altesse Royale dans une voiture.

– Continuerons-nous notre voyage en voiture? demanda Xénia.

– Nous ne sommes qu'à trois quarts d'heure de Douvres, répondit Mr Donington. J'ai pensé que Madame trouverait moins ennuyeux de partir tout de suite que d'attendre un autre train.

– Naturellement, convint Xénia.

– Je suis aux ordres de Votre Altesse Royale.

– Alors partons...

Elle traversa la pièce en se demandant si Johanna aurait trouvé qu'elle jouait bien son rôle.

« C'est insensé! C'est de la folie! Tout ça ne pourra que mal finir! » se dit-elle.

Puis elle pensa que, quoi qu'il arrive, elle préférait encore cela aux critiques et aux reproches de Mrs Berkeley.

Elle pouvait enfin vivre l'aventure folle et passionnante dont elle avait toujours rêvé juste au moment où elle s'y attendait le moins.

2

Aux abords de Vienne, Xénia sentit la panique l'envahir en pensant à ce qui l'attendait.

Jusque-là tout s'était déroulé sans encombre, mais il ne se passait pas une minute sans qu'elle craigne qu'une personne de son entourage découvre le stratagème.

Naturellement, elle se trompait.

Tout le monde comprenait qu'elle soit si absente et bouleversée après l'accident où elle avait frôlé la mort.

Dès la traversée de la Manche, Xénia comprit, dans sa cabine constamment gardée par deux policiers en civil, que les dés avaient été irrémédiablement jetés.

Il était peut-être heureux que Mme Gyula fût dans un état pire encore que celui de Xénia. Cette femme avait passé la quarantaine. La collision l'avait non seulement traumatisée mais terrorisée.

Elle ne cessait de déplorer d'avoir été contrainte d'escorter la princesse en Luthénie.

Le roi aurait dû choisir quelqu'un de plus jeune, se lamentait-elle. Je sais, bien sûr, que Sa Majesté a confiance en moi. Ah, que dira le roi quand il saura ce qui est arrivé à Votre Altesse Royale?

– Il ne va quand même pas vous tenir rigueur de l'accident, se crut obligée de dire Xénia pour la rassurer.

– Notre souverain ne laisse rien au hasard,

comme le sait bien Votre Altesse Royale. On ne discute pas ses ordres.

Elle avait fait plusieurs fois allusion à la froideur du monarque. Xénia en conclut qu'il devait être aussi pontifiant et autoritaire que le père de Johanna.

Sa mère ne lui avait-elle pas dit que l'archiduc Frédéric était un autocrate, une espèce de tyran?

– J'aurais été bien malheureuse avec lui, avait-elle ajouté. J'aime les gens chaleureux, affectueux, comme votre père, bien que je souhaiterais qu'il ait un peu plus de sens pratique, surtout en ce qui concerne l'argent.

A la mort de ses parents, Xénia avait été consternée en constatant que non seulement ils avaient des dettes mais qu'ils vivaient au jour le jour.

La plupart des membres de la famille de son père avaient fait carrière dans l'armée. Le grand-père de la jeune fille, le major-général sir Alexander Sandon, lui avait écrit, à l'occasion de la mort de son fils, une lettre guindée dans laquelle il exprimait sans ménagements la rancune qu'il portait à son fils :

Il m'est impossible d'aller dans le Sud pour assister aux obsèques de votre père. Ses deux frères servent, de leur côté, en Inde pour le moment. Vous n'êtes pas sans ignorer que votre père a reçu de moi une pension depuis dix-neuf ans. Comme j'imagine que vous n'êtes pas très fortunée, je continuerai à vous envoyer la moitié de la somme que je donnais à mon fils. Mes avoués se chargeront des transactions.

Il n'avait à aucun moment exprimé le souhait de voir Xénia. Bien qu'elle n'en fût pas surprise outre mesure, celle-ci avait été blessée de voir qu'il reprochait encore à sa mère d'avoir brisé la carrière militaire de son mari.

Xénia devait découvrir par la suite que la pension qui lui était allouée n'atteignait pas cent livres par an. Ses parents recevaient donc le double.

C'était juste assez pour qu'ils ne meurent pas de faim. Elle comprit alors les efforts que devaient faire ses parents pour vivre heureux.

Elle pensait qu'il lui serait resté un peu d'argent après la vente de la chaumière qu'ils avaient acquise grâce aux bijoux que sa mère avait emportés quand elle avait fui la Slovie.

Malheureusement, la maisonnette était hypothéquée. Les créanciers payés, et le mobilier vendu à regret, Xénia s'était retrouvée avec un compte en banque si maigre qu'elle avait toutes les raisons de craindre pour l'avenir. C'est ainsi qu'elle s'était résolue à trouver du travail.

Lorsque Mrs Berkeley lui proposa de devenir sa dame de compagnie, elle n'hésita pas un instant.

« Quoi qu'il arrive, pensait-elle maintenant, j'aurai les deux cents livres de Johanna avec, en plus, des souvenirs inoubliables. »

Pourtant, elle avait peur.

Les circonstances qui jusque-là avaient été particulièrement favorables ne suffisaient pas à rassurer Xénia qui en dépit de sa ressemblance exceptionnelle avec sa cousine, s'attendait à ce que quelqu'un découvre d'un moment à l'autre la supercherie.

Mr Somerset Donington, comme Mme Gyula, ne l'avait rencontrée qu'avant de quitter Londres.

Xénia avait appris qu'à Vienne, elle serait par contre confiée à un homme d'Etat luthénien et que le voyage se poursuivrait dans le train particulier du roi.

Xénia qui mourait d'envie de visiter la capitale apprit avec déception qu'ils avaient juste le temps de changer de train.

Il était déjà amusant de découvrir que tout un wagon lui avait été réservé de Calais à Paris!

Elle n'avait toujours pas de femme de chambre, au plus grand désespoir de Mr Donington.

– Je suis sûr que Mme Gyula aidera de son mieux Son Altesse Royale, répétait-il. Je n'ai pas eu le temps d'engager quelqu'un, mais j'ai envoyé un télégramme à Sa Majesté pour expliquer ce qui est arrivé et demander que le service soit assuré dans le train royal.

– Je suis sûre que Sa Majesté ne s'attardera pas sur ce détail, répondit Xénia.

– Tout ce qui concerne le confort de Son Altesse Royale est pour Sa Majesté de la plus haute importance, répondit Mr Donington avec diplomatie.

Xénia espérait découvrir, une fois seule avec Mme Gyula, quelques particularités concernant le roi qui l'aideraient, lors de sa rencontre avec lui.

Mais la dame d'honneur, persuadée que son souverain la tiendrait pour responsable, n'arrêtait pas de déplorer le terrible accident.

S'il fait peur à de vieilles femmes, comme Mme Gyula, pensa Xénia, comment sera-t-il avec moi?

Cette nuit-là, seule dans son compartiment toujours gardé par les deux policiers, Xénia invoqua l'aide de sa mère. Elle seule aurait pu la protéger et la prémunir des plus graves erreurs. Mais elle avait une dette envers Johanna, et devait faire de son mieux pour ne pas lui nuire.

En dépit de ce que sa cousine lui avait révélé sur les amours du roi, Xénia était persuadée qu'il ne soupçonnait pas sa future femme d'avoir un amant.

Ce seul mot la fit rougir.

Comment une jeune fille d'une aussi bonne famille pouvait-elle se comporter de la sortc...?

Encore un mot qui...

Xénia était l'innocence même. Elle n'avait qu'une vague idée de ce qui se passait quand un homme et une femme faisaient l'amour ensemble.

A en juger par son père et sa mère, cela devait être quelque chose de très intime. En tout cas, leur acte ne pouvait qu'être béni de Dieu.

Par contre, faire l'amour pendant dix jours avec un homme qu'on ne verrait plus ensuite avait quelque chose de répréhensible.

« Comment peut-elle se conduire ainsi? » se demandait-elle. Elle doit l'aimer, mais pas assez cependant pour renoncer à sa couronne.

Elle pensait que si elle tombait amoureuse, elle agirait exactement comme sa mère, et que rien ni personne ne pourrait l'en empêcher.

D'ailleurs, si il lui arrivait de connaître, ne serait-ce qu'un an du bonheur qu'avaient vécu ses parents, elle ne reculerait devant rien.

Tout de même, il était bien agréable pour le moment d'être le centre des préoccupations de tous et d'être consultée par chacun avec respect. Cela changeait des reproches continuels de Mrs Berkeley.

Mr Donington était un diplomate de la vieille école. Il savait dire les riens charmants qui plaisent à une personne royale. Il aplanissait les difficultés avec l'adresse que de longues années de pratique lui avait enseignées.

Xénia lui demanda, alors qu'ils approchaient de Vienne :

– Dites-moi, Mr Donington, pourquoi a-t-on précipité mon départ de Londres?

Voyant que Mr Donington hésitait à répondre, elle reprit :

– Vous seriez très aimable de me dire la vérité. Je ne voudrais pas commettre d'erreurs quand j'arriverai à Molnar.

C'était en effet à Molnar, capitale de la Luthénie, qu'ils devaient retrouver le roi.

– Je comprends, dit Mr Donington. Je suis sûr, en tout cas, que Votre Altesse Royale recevra un accueil chaleureux de tout le peuple luthénien.

Xénia resta silencieuse.

– Je crois savoir que Madame n'a pas visité son futur pays depuis l'annonce de ses fiançailles.

– En effet, dit Xénia.

– Il faut donc s'attendre à des manifestations d'enthousiasme, repartit Mr Donington. Votre Altesse Royale s'est certainement rendu compte que les Luthéniens sont un peuple ardent, démonstratif, ce qui l'entraîne malheureusement fort loin.

– Que voulez-vous dire? demanda Xénia.

Elle soupçonnait Mr Donington de regretter la manière dont il s'était exprimé. Il répondit cependant :

– Les Luthéniens ont la réputation d'être quelque peu capricieux, ce qu'ils doivent naturellement plus à leur sang hongrois qu'à leur sang autrichien.

– J'ai toujours entendu dire, déclara Xénia, que la cour autrichienne des Habsbourg était très guindée et que le protocole y était plus rigide que nulle part ailleurs.

C'était effectivement ce que prétendait sa mère. Mr Donington acquiesça.

– Cela est effectivement vrai, dit-il, mais, comme vous le savez, le roi Istvan est très différent de l'empereur François-Joseph.

– Dites-moi ce que vous pensez de lui, Mr Donington.

– Je peux difficilement me le permettre, Votre Altesse Royale..., commença Mr Donington.

Xénia l'arrêta et dit sur un ton grave :

– Je voudrais savoir la vérité. Aider mon futur pays est mon souhait le plus cher. Si je sais d'avance ce que les diplomates pensent du roi, ma tâche n'en sera que plus facile.

Mr Donington fut surpris et impressionné par la conviction avec laquelle elle avait parlé.

– La Luthénie, dit-il après un temps de réflexion, la Luthénie a un rôle important à jouer en ce moment dans l'équilibre international. Votre père n'a pas dû manquer de vous dire qu'on peut toujours craindre une invasion de l'empire ottoman vers le Nord ou des Autrichiens vers le Sud.

Xénia comprit qu'il s'attendait à ce qu'elle réagisse et, pour ne pas se compromettre, elle se contenta de hocher gravement la tête.

– Je suis sûr que Sa Majesté la reine Victoria vous a tenu le même langage, reprit Mr Donington avec un sourire. Je pense même que c'était une des raisons pour lesquelles Votre Altesse Royale a été invitée au château de Windsor.

Xénia répliqua par un sourire. Il continua :

– Le roi Istvan peut donc jouer un rôle de premier plan, avec l'aide et les encouragements de la Grande-Bretagne, de la France et de l'Allemagne.

Mr Donington ajouta après une pause :

– Je n'ai rencontré Sa Majesté qu'une fois, mais il m'a donné l'impression d'être un jeune homme exceptionnellement doué et qui se révélera être un grand souverain le jour où il se consacrera entièrement à la cause de la Luthénie.

– Ce qui n'est pas encore le cas, à votre avis? demanda Xénia.

Cette fois, Mr Donington eut l'air extrêmement embarrassé.

– Je supplie Votre Altesse Royale de croire que je ne critique en aucune façon Sa Majesté.

– Non, bien sûr, dit Xénia, mais je voudrais tellement savoir ce que le roi pourrait faire.

Mr Donington se pencha vers elle.

– Je crois que Son Altesse Royale, fit-il à voix basse, pourrait beaucoup aider Sa Majesté dans sa tâche.

– Comment cela?

– Tout d'abord, en rétablissant la paix en Luthénie.

– La paix est donc troublée?

Mr Donington ne put cacher sa surprise.

– Je pensais que Sa Majesté la reine vous avait tenue au courant.

– A vrai dire... je ne sais pas très... précisément ce qui se passe.

– Il y a eu de nombreuses émeutes estudiantines et ouvrières auxquelles est venu s'ajouter un mécontentement général de toute la population.

Il hésita, puis déclara franchement :

– Si l'on ne parvient pas à juguler ces conflits, la monarchie se trouvera gravement menacée.

– Voulez-vous dire que le roi risque d'être contraint à l'abdication?

– Il serait prématuré d'envisager cette éventualité, se hâta de dire Mr Donington. En tout cas, si une telle catastrophe se produisait, la Grande-Bretagne en subirait les répercussions.

Il regarda Xénia.

– C'est pourquoi, Votre Altesse Royale, reprit-il,

tout doit être mis en œuvre pour éviter l'éventualité d'un tel désastre national.

– Je comprends, dit Xénia. Je vous remercie de m'avoir parlé si franchement, Mr Donington.

– Si j'ai le moins du monde alarmé Votre Altesse Royale, qu'elle daigne me le pardonner.

– Je vous avais demandé la vérité. Je vous sais gré de vous être exprimé sans détour.

– Votre Altesse Royale est infiniment aimable, dit Mr Donington en la saluant.

Xénia comprit à quel point la situation que venait de lui décrire l'ambassadeur était désastreuse pour le roi et pour l'indépendance de la Luthénie.

Sa mère lui avait souvent parlé du roi précédent, qui avait été un ami de son grand-père. Elle lui avait dit que de tous les petits pays des Balkans, la Luthénie était à son avis l'un des plus beaux.

– On y trouve de hautes montagnes couronnées de neige, de fertiles vallées parcourues par des fleuves d'argent. Les gens sourient; ils ont l'air heureux.

Ce n'était pas le cas, assurait-elle encore à sa fille, de la Serbie, qu'elle n'aimait pas, ni de la Bosnie, si peu avenante avec sa population maussade et sa nourriture exécrable.

Xénia regretta de ne rien savoir de plus sur la Luthénie, et elle décida de mettre tout en œuvre pendant son court séjour pour découvrir la vérité et informer Johanna.

Pendant l'arrêt à Vienne, elle espéra vainement voir la belle impératrice, que tout le monde admirait et qui menait, à ce qu'on disait, une vie malheureuse dans l'austère palais des Habsbourg, tyrannisée par son impressionnante belle-mère.

En pensant à cette dernière, elle se souvint alors

des renseignements qu'elle voulait obtenir sur les parents du roi Istvan.

– Parlez-moi, madame, avait-elle demandé à sa dame d'honneur, de la mère du roi Istvan.

– Oh quel dommage que Votre Altesse Royale ne l'ait pas connue! s'exclama Mme Gyula. C'était une personne charmante, adorable.

Xénia en déduisit qu'elle était morte. Elle apprit également que le roi n'avait eu ni frère ni sœur.

– C'est une bien triste histoire, conclut Mme Gyula. Vous comprenez pourquoi tout le pays espère que le roi fondera une nombreuse famille.

Elle avait parlé sans réfléchir, et elle lança un regard anxieux à Xénia, pour savoir comment elle avait pris la chose.

– Je sais moi-même combien il est triste d'être enfant unique, répondit Xénia pour tranquilliser la vieille dame.

– Je n'en doute pas, mais Votre Altesse Royale sera heureuse en Luthénie, où tous chercheront à la distraire et à lui faire sentir qu'elle y est chez elle.

Xénia évita de parler à Mme Gyula de la situation actuelle du pays.

Mr Donington leur fit ses adieux à Vienne où il fut remplacé par le comte Gaspar Horvath.

Pris de court par la rapidité des événements, le roi Istvan n'avait pu déléguer son ministre des Affaires étrangères pour escorter Xénia comme il l'aurait fait dans d'autres circonstances.

A sa place, le comte Horvath l'attendait avec le train royal. Mr Donington lui remit la jeune fille, avec autant de mystère qu'une serviette diplomatique.

Xénia fut d'abord plus intéressée par le train que par le comte.

Sa mère lui avait parlé du train spécial de la reine Victoria. Avec l'extension du réseau ferroviaire en Europe, de nombreux souverains avaient suivi son exemple.

Le train du roi Istvan ressemblait à un jouet.

Les couleurs vives des armoiries royales se détachaient sur le blanc des wagons, et le personnel de service portait un uniforme assorti brodé d'or.

Il comprenait un salon rempli de fleurs et plusieurs voitures destinées à la suite.

Dès qu'elle eut fait ses adieux à Mr Donington et qu'elle l'eut remercié d'avoir pris soin d'elle, le comte Gaspar lui expliqua combien le roi avait été bouleversé, ainsi que chacun au palais de Molnar, en apprenant l'accident de chemin de fer.

– Ce fut bouleversant, en effet, dit Xénia. J'ai eu la chance de ne pas être blessée, mais j'ai subi un grand choc, et depuis, je ne suis plus tout à fait la même.

– Ce n'est que trop naturel, mais Votre Altesse Royale se sentira tout à fait remise quand elle sera en Luthénie.

– Je l'espère, dit Xénia.

Elle attendit le moment propice pour déclarer au comte :

– J'ai été informée des troubles qui règnent dans la capitale.

Le comte posa sur elle un regard inquisiteur.

C'était un homme d'environ quarante-cinq ans, aux cheveux gris. Malgré le temps que lui prenait son service auprès du roi, ce devait être un sportif et, sans doute, un bon cavalier.

– Les Luthéniens, disait la mère de Xénia, comme tous les Hongrois, sont tous de magnifiques écuyers. Oh, ma chérie, comme je voudrais que votre père pût vous acheter un aussi bon cheval que ceux que j'avais chez moi! ajouta-t-elle en soupirant.

– Heureusement que les fermiers aiment suffisamment papa pour le laisser monter leurs chevaux, répondit Xénia.

– Votre père monte très bien à cheval, répondit sa mère. Il excelle en tout, d'ailleurs, mais...

Devant l'air songeur de sa mère, Xénia ne put résister à la tentation de la taquiner un peu.

– Je crois, maman, que vous allez admettre pour une fois qu'il y a dans les Balkans des hommes qui sont encore meilleurs cavaliers que papa.

– Ils ne montent pas de la même manière. Les Hongrois, les Sloviens et les Luthéniens passent presque toute leur vie sur une selle. J'ai moi-même fait mes débuts à trois ans.

– L'équitation vous manque-t-elle beaucoup, maman?

– Il m'arrive de rêver que je galope dans la steppe, mais je vous assure qu'aussi longtemps que votre père aura un cheval à sa disposition, je resterai sans chagrin à la maison.

Xénia avait souvent remarqué pourtant dans le regard de sa mère, bien que celle-ci se défendît de tout mouvement de regret, une lueur d'envie chaque fois qu'elle voyait un beau cheval ou qu'elle rencontrait des cavaliers.

Quand elles étaient seules, Mrs Sandon décrivait souvent à sa fille les manifestations équestres auxquelles elle avait assisté autrefois. Elle lui parlait aussi de l'habileté avec laquelle les Sloviens domptaient les superbes chevaux sauvages de son grand-père.

Le comte s'efforça de répondre à la question contenue implicitement dans la phrase de Xénia.

– Il y a eu, en effet, un peu d'agitation à Molnar, Votre Altesse Royale, mais je suis certain que le peuple n'attend qu'une occasion pour oublier ces difficultés passagères.

« C'est donc pour cela que Johanna a été si précipitamment rappelée en Luthénie », pensa Xénia.

Puisqu'elle... ou plutôt puisque sa cousine n'y était pas revenue depuis ses fiançailles avec le roi, il y aurait des présentations, des réceptions, peut-être même un bal.

L'idée d'assister pour la première fois de sa vie à un bal royal emplit Xénia d'émoi. Elle n'avait jusqu'alors connu aucun divertissement semblable, pas plus à la Cour qu'ailleurs du reste.

A Douvres, elle avait été surprise par le nombre de malles qui accompagnaient Johanna et qu'on avait heureusement retrouvées intactes après l'accident du train.

La jeune fille eut le souffle coupé en ouvrant les bagages de sa cousine.

Jamais de sa vie, elle n'aurait espéré voir ou même effleurer de telles robes. Elles étaient si belles, si fragiles, si exquises qu'elle osait à peine les essayer de peur de les abîmer.

« Il faut que je fasse très, très attention », se recommandait-elle.

Elle ne pouvait cependant s'arracher à la contemplation de son image dans les miroirs. Elle avait l'air d'une princesse de conte de fées.

Toutes les couleurs avaient été choisies pour mettre en valeur les cheveux roux de Johanna, qui étaient exactement de la même couleur que les siens. Seule la blancheur de son teint la différenciait de sa cousine.

Il n'y avait pas que les robes, d'ailleurs. Une lourde cassette contenait autant de joyaux que le trésor de la Couronne.

Lorsque Mme Gyula sortit les bijoux, Xénia dut faire un effort pour ne pas pousser un cri d'admiration.

– Remercions le ciel qu'ils n'aient pas été confiés à votre femme de chambre! S'ils avaient été perdus, cela aurait été une tragédie!

– En effet, avait répondu Xénia.

Il y avait autant de colliers de perles et de diamants que de bracelets assortis.

– Je crois savoir que certains de ces bijoux appartiennent à votre chère mère, avait continué Mme Gyula. La perte n'en aurait été que plus grande s'ils avaient été volés ou détruits pendant cet effroyable accident.

Devant l'outrance des propos de Mme Gyula, Xénia n'avait pu s'empêcher d'esquisser un petit sourire.

Plus on approchait de la Luthénie, plus elle attribuait à l'accident des proportions démesurées jusqu'à le transformer en véritable catastrophe ferroviaire.

Xénia était certaine qu'en arrivant à Molnar, la bonne dame raconterait avec héroïsme son effroyable expérience devant un public suspendu à ses lèvres.

Mais cela avait au moins l'avantage de la distraire des devoirs de sa charge et de l'attention qu'elle aurait portée en temps normal aux moindres gestes de Xénia.

Le train royal était rapide et elles ne se trouvaient plus qu'à une journée et demie de la Luthénie.

Pendant la traversée de l'Autriche, Xénia était tellement éblouie par le paysage qu'elle ne pouvait plus s'arracher à la fenêtre de son wagon.

Ce voyage était un véritable conte de fées. Jamais elle n'aurait espéré se rendre dans le pays natal de sa mère, ou jouir des avantages et du luxe habituellement réservés aux souverains. Il lui arrivait parfois même de douter de la réalité lorsqu'elle surprenait son image éclatante dans un miroir.

« Je suis Cendrillon, s'émerveillait-elle. A minuit, il me faudra disparaître, et la fée, ma marraine, prendra ma place. »

Elle pensait quelquefois à Johanna et se demandait quelles sensations devait éprouver sa cousine dans les bras d'un homme avec lequel elle était obligée de se cacher.

Tout de même, la conduite de sa cousine continuait à la choquer et elle essaya de se concentrer sur ce qui allait arriver.

Après avoir franchi un col et traversé un large fleuve, ils ne se trouvaient plus qu'à une heure de voyage de la frontière luthénienne.

Prise d'un accès de panique, elle demanda brutalement au comte :

– Vous devez me dire exactement ce que l'on attend de moi, dit-elle.

– Rien de bien effrayant, répliqua-t-il, surpris par l'inquiétude de Xénia. Le maire fera un discours de bienvenue, reprit-il. Le ministre des Affaires étrangères, M. Miklos Dudich, que vous connaissez déjà, montera dans le train et fera avec nous la dernière partie du voyage, et rien de plus.

Xénia se prit la tête dans les mains.

– Vous allez me trouver stupide, comte, dit-elle, mais j'ai depuis l'accident d'horribles pertes de mémoire. Parlez-moi de M. Dudich.

– Vous le reconnaîtrez quand vous le verrez, répondit le comte. C'est lui qui a préparé l'annonce de vos fiançailles avec Sa Majesté, pendant le séjour qu'il fit en Slovie chez votre grand-père.

– Oui, oui, bien sûr. C'est stupide de ma part. Ces

défaillances de mémoire sont effrayantes, s'empressa de répondre Xénia.

– Elles sont malheureusement courantes, dit le comte d'une voix apaisante. Je me souviens d'avoir moi-même perdu la mémoire pendant deux semaines après une mauvaise chute de cheval.

– Vous comprendrez donc combien je me sens ridicule.

Elle lui sourit.

– Je vous supplie de venir à mon secours lorsque j'oublierai à Molnar un détail protocolaire. Je crois que le roi est très strict à cet égard.

Le comte eut l'air sceptique.

– Honnêtement, madame, j'aimerais que Sa Majesté cesse de s'attarder sur de tels détails.

– Vraiment? s'étonna Xénia. Pourtant Mme Gyula...

Le comte se mit à rire.

– Mme Gyula est de ces gens, Votre Altesse Royale, qui font grand cas du moindre impair et qui surestiment l'importance de leur devoir.

– J'ai si peur de commettre des erreurs qui pourraient être fâcheusement interprétées.

– Sachez, Votre Altesse Royale, que ni le roi ni le plus humble de ses sujets n'auront quelque chose à vous reprocher, dit le comte en la regardant avec admiration.

– J'espère que vous aurez raison, répondit Xénia toujours aussi inquiète.

– Je ferai tout ce qui est en mon pouvoir pour vous tirer d'embarras, dit le comte, mais je doute que cela soit nécessaire. Tous les Luthéniens qui ont eu la faveur de vous approcher dans votre pays assurent que votre aisance, votre grâce sont dignes d'une véritable souveraine.

La peur fit battre le cœur de Xénia.

Pourquoi les Luthéniens et leur roi en particulier

iraient-ils juger leur future reine sur son assurance après l'accident que nous connaissons?

Dès qu'ils franchirent la frontière, ils furent accueillis par un déploiement de drapeaux. Xénia se mit à trembler de peur en sachant qu'elle allait devoir affronter le roi d'un instant à l'autre. Seule la plus belle des robes de Johanna qu'elle venait de mettre réussit à l'apaiser.

Habillée, Xénia se contempla dans le miroir et regretta que sa mère ne puisse la voir ainsi.

Elle comprit pourquoi Mrs Sandon avait toujours regretté que sa fille ne pût avoir les robes qu'elle-même portait dans sa jeunesse.

« Il est sûrement ennuyeux à la longue d'être toujours apprêtée », se dit Xénia pour se consoler.

Elle savait bien pourtant qu'on ne pouvait se lasser d'être ainsi vêtue et de se trouver belle.

– Nous ne tarderons plus à arriver, Votre Altesse Royale, lança de la porte Mme Gyula, la voix tremblante d'émotion.

Xénia jeta un bref regard dans le miroir, et constata que la pâleur de son visage faisait ressortir excessivement ses yeux.

« Tout va bien. Il pensera que tu es Johanna. Tu n'auras qu'à être aimable », se dit-elle pour se raisonner.

Mais alors qu'elle se dirigeait vers le wagon-salon, elle sentit cependant que ses lèvres étaient sèches et que ses mains tremblaient un peu.

Elle savait que le roi monterait dans le train pour la rencontrer en tête à tête.

Mme Gyula, le comte et le ministre des Affaires étrangères n'assisteraient pas à l'entrevue. Les stores baissés du wagon empêcheraient toute indiscrétion.

En entrant dans le salon illuminé, Xénia se demanda avec effroi si le roi n'allait pas se hasarder à l'embrasser, puisqu'il était fiancé à Johanna.

Personne ne l'avait encore embrassée. Elle pensa que sa cousine avait dans ce domaine, comme dans bien d'autres, beaucoup d'expérience. N'allait-elle pas se montrer singulièrement maladroite?

Qu'arriverait-il s'il le remarquait, s'il s'en étonnait?

Puis elle se souvint que Johanna lui avait dit qu'ils avaient convenu d'avoir chacun leur vie personnelle après le mariage. Dans ce cas, le roi se montrerait peu démonstratif.

Cela suffit à la rassurer un peu, mais dès que le train entra en gare, et qu'elle entendit les cris d'acclamation, elle se remit à trembler.

– Je sortirai du wagon pour saluer Sa Majesté, dit Mme Gyula. Votre Altesse Royale a-t-elle besoin de quelque chose?

– Non, merci, répliqua Xénia.

Elle s'était assise avec raideur sur le bord d'un fauteuil. Le comte la regarda d'un air quelque peu préoccupé.

– Votre Altesse Royale se sent-elle bien? demanda-t-il. Voulez-vous que j'aille chercher un verre d'eau ou de vin? Je comprends bien que cette cérémonie ne peut qu'augmenter tout ce que vous avez enduré pendant ce voyage.

– Ne vous dérangez pas. Je vais très bien. Merci, comte, parvint à articuler Xénia.

Elle savait qu'elle n'était pas très convaincante, mais la moindre parole était pour elle un effort insurmontable.

Le train s'arrêta, et le comte, accompagné du ministre des Affaires étrangères, sortit hâtivement du wagon.

Il y eut de nouvelles acclamations, puis de la musique. Dans le brouhaha général, elle parvint enfin à entendre les propos qu'échangeait le roi avec les membres de l'escorte.

Le cœur battant à tout rompre, Xénia se leva lentement de son siège.

Une dernière fois elle essaya de se persuader d'agir avec autant d'aisance et de naturel que sa cousine.

Ce qui allait se passer ne signifiait rien pour cette dernière, pas même le moment où elle retrouverait l'homme avec lequel elle était fiancée.

La portière du wagon s'ouvrit et le roi entra.

Bien qu'elle eût beaucoup pensé à lui, bien qu'elle se fût efforcée de découvrir tout ce qu'elle pouvait à son sujet, elle ne s'était pas attendue à trouver un homme aussi impressionnant et différent de tous ceux qu'elle avait vus auparavant.

Il s'arrêta un instant pour la regarder.

Il portait une tunique blanche couverte de décorations et un pantalon garance. Un plumet hérissait son shako.

Avant même qu'il s'avance vers elle, Xénia comprit qu'il avait l'élégance innée des Hongrois dont lui avait parlé sa mère.

Ce fut l'expression de son visage qui retint particulièrement son attention.

Le souverain était brun et avait belle allure – en fait, il était extrêmement beau – mais Xénia n'avait jamais vu le visage d'un homme aussi jeune exprimer autant de cynisme et d'indifférence. Il était dédaigneux et semblait mépriser l'univers entier.

Il plongea ses yeux au fond des siens comme s'il cherchait à découvrir en elle quelque chose qu'il était à peu près sûr de ne pas trouver.

Il s'était déjà approché d'elle lorsqu'elle se

souvint soudain qu'elle devait faire la révérence.

Elle s'inclina vivement.

Il se rendit compte en lui prenant la main que ses doigts étaient froids et tremblants.

– Bienvenue en Luthénie, Xénia, dit-il. J'ai été consterné d'apprendre ce qui vous est arrivé en quittant l'Angleterre.

Elle leva les yeux vers lui. Puis, elle détourna le regard, prise d'un accès de timidité.

– J'ai eu... beaucoup de chance... de n'être point blessée, balbutia-t-elle.

– Le comte m'a expliqué que vous étiez restée quelque temps sans connaissance. Je suppose que votre tête a été heurtée violemment.

Xénia savait que Mr Donington avait raconté l'accident en détail. Pensant qu'elle pourrait justifier les maladresses qu'il lui arriverait de commettre, elle répondit :

– Je suis tout à fait... rétablie maintenant... Du moins, je le crois.

Le roi lâcha sa main.

– Permettez-moi de vous dire que vous ne portez en aucune façon les traces de votre mésaventure. Vous êtes très belle. Votre robe et votre chapeau vous vont à ravir.

– Merci.

Malgré sa résolution de se conduire le plus naturellement du monde, Xénia sentit le rouge lui monter aux joues.

Bien qu'elle fût peu habituée à en recevoir, les compliments n'étaient pas la seule cause de son émotion. Elle était également troublée par le regard noir et pénétrant du roi, par sa voix qui était plus sincère qu'elle ne l'avait espérée.

– Eh bien, je suppose que nous sommes restés ici assez longtemps pour satisfaire la chronique, dit le roi avec une soudaine brusquerie. Etes-vous prête à partir?

Sa manière de parler avait tellement changé quc Xénia le regarda avec surprise.

Elle répondit vivement :

– Oui, naturellement. Je suis prête.

Le roi ouvrit la porte à la grande satisfaction de Mme Gyula et du comte qui n'attendaient que cet instant.

– Allons-nous-en, Horvath, dit le roi. J'espère seulement qu'il y aura assez de soldats le long de la route.

Xénia n'entendit pas la réponse du comte. Devant l'impatience manifeste du roi, elle n'eut pas davantage le temps de se demander ce qu'il voulait dire.

On descendit sur le quai.

La garde d'honneur présenta les armes et l'orchestre entonna l'hymne national qu'ils durent écouter debout, côte à côte, sur le tapis rouge.

Des acclamations montèrent de l'assistance massée dans la gare. Xénia constata qu'il ne s'agissait que de notables spécialement invités pour la circonstance.

Certains dignitaires lui furent présentés. Le cortège passa ensuite devant la garde d'honneur, sortit de la gare et s'avança vers les voitures.

Xénia et le roi voyagèrent seuls dans un landau découvert tiré par six chevaux gris. Trois des bêtes étaient montées par des postillons en uniforme galonné d'or.

La jeune fille se rappela les souvenirs de sa mère et salua la foule de la main en souriant.

Sa mère lui avait dit un jour :

– Votre grand-mère trouvait familier et peu digne de sourire. Mon père pensait de même. Mais Dorottyn et moi, nous persistions à le faire. Si la foule s'abstenait de répondre, nous comprenions ce que cela signifiait.

– Je suis sûre que tout le monde vous aimait, avait dit Xénia.

– C'est ce que Dorottyn et moi pensions. Pourtant, je me suis toujours demandé si les membres d'une famille royale ne devaient pas récompenser le dévouement de tout un peuple par autre chose qu'un simple sourire.

Xénia ne s'était pas souciée de la gravité avec laquelle sa mère venait de lui parler.

En repensant à ces paroles, elle souriait et saluait comme elle croyait qu'une princesse devait le faire, en se plaisant à croire que la foule était comblée.

Le roi, par contre, ne faisait aucun effort pour répondre aux vivats. Retiré dans un coin de la voiture, il avait l'air de s'ennuyer prodigieusement.

Il était difficile à Xénia de détacher les yeux de la foule pour regarder les bâtiments devant lesquels on passait. Elle remarqua cependant que les arbres en bordure de la route étaient en fleurs.

– Comme c'est beau! s'exclama-t-elle.

– Beau? s'étonna le roi. Je me rappelle vous avoir entendu dire que mon pays était petit et sans intérêt, que si le choix vous était donné, vous préféreriez vivre en France ou en Angleterre.

Xénia ne répondit pas. Elle se demandait comment Johanna avait pu proférer un jugement si désagréable sur le pays dont elle allait être la reine.

Les chevaux dépassèrent un jardin public noir de monde et empruntèrent une autre route.

Le silence succéda peu à peu aux acclamations, et la voiture prit une allure plus rapide.

Xénia, qui agitait toujours la main, aperçut de nombreux visages sérieux, fermés, qui les regardaient sans mot dire.

Ces gens brandissaient des bannières couvertes d'inscriptions qu'elle n'arrivait pas à déchiffrer, quand, soudain, des mots écrits en plus gros caractères lui sautèrent aux yeux.

Elle lut :

NOUS SOMMES PIÉTINÉS ET MÉPRISÉS!

Xénia avait peine à en croire ses yeux, lorsqu'elle vit sur une autre banderole :

NOUS EXIGEONS LA JUSTICE!

Voyant que ses saluts restaient sans réponse, Xénia laissa retomber sa main sur ses genoux.

– Que se passe-t-il? demanda-t-elle au roi. Qui sont ces individus?

– Des étudiants révolutionnaires, répondit-il. Ignorez-les.

On aurait dit que les étudiants l'avaient entendu. Les huées fusèrent de leur groupe, les cris et les vociférations se firent nettement menaçants.

Le cocher fouetta les chevaux.

Devant l'hostilité croissante de la foule, Xénia prit peur.

Elle se souvint d'histoires qu'on lui avait racontées quand elle était petite. Il y était question d'assassins chargés d'exterminer les aristocrates, d'anarchistes qui lançaient des bombes sous les pas des monarques.

Affolée par cet accès de violence, Xénia glissa sa main dans celle du roi, sans songer un seul instant à ce qu'elle faisait.

– Ont-ils l'intention de... s'en prendre à nous? demanda-t-elle.

Il fut surpris par la frayeur qu'il lut dans ses yeux.

– Ils cherchent seulement à manifester leur mauvaise humeur. J'aurais dû vous avertir de ce qui nous attendait, répondit-il.

Xénia se souvint, mais trop tard, de la réserve dont doit faire preuve toute personne de sang royal dans n'importe quelle circonstance.

On lui avait souvent cité en exemple le courage de rois et de reines qui n'avaient pas bronché, même lorsque des bombes avaient atteint leur carrosse et tué leurs chevaux.

« Je me conduis comme la roturière que je suis », pensa-t-elle.

Elle n'avait pourtant pas lâché la main du roi, parce qu'elle y trouvait du réconfort.

Quelques secondes plus tard, des acclamations et des saluts, venant surtout de groupes composés de femmes et d'enfants, succédèrent aux protestations des étudiants.

Le palais apparut soudain face à eux, au bout d'une large avenue bordée d'arbres en fleurs.

L'édifice, à la fois imposant et romantique, flanqué de tourelles, rehaussé d'or et de fer forgé, entouré de hautes grilles, était conforme aux espoirs de Xénia.

Elle avait retiré sa main de celle du roi pour répondre de nouveau aux vivats. Elle se tourna vers son compagnon, les yeux étincelants de bonheur.

– C'est dans un tel palais qu'un roi se doit de vivre, dit-elle. Cette demeure idéale est digne de votre merveilleux pays.

Tout en parlant, elle avait levé les yeux vers les

sommets encore enneigés qui se profilaient au lointain derrière le palais.

– Comme c'est beau! s'écria-t-elle. Oh, comme c'est beau! Quel bonheur de vivre ici!

– Vous croyez donc pouvoir y être heureuse? demanda le roi d'un ton pour le moins incrédule.

Ces mots la ramenèrent brutalement sur terre.

Une fois de plus, Xénia comprit trop tard qu'elle n'avait pas parlé comme Johanna l'aurait fait.

Les mots qui étaient sortis de sa bouche étaient ceux d'une princesse de pacotille qui ne pourrait jamais ressembler à la vraie reine.

3

Xénia constata que parmi la foule de badauds qui s'était amassée devant le palais, à peine un tiers répondait à ses saluts.

Les autres, des hommes pour la plupart, leur lançaient des regards haineux et gardaient les bras ostensiblement croisés.

Elle voulut demander au roi des explications sur leur attitude, mais elle comprit que sa voix ne parviendrait pas à couvrir le vacarme. Du reste, la voiture franchissait déjà le grand portail aux fers de lance dorés.

On avait posté des soldats en surnombre à chaque point stratégique du palais.

Ils avaient belle allure avec leurs tuniques écarlates et leurs pantalons bleus. Mais c'était les officiers surtout, avec leurs épaulettes d'or et leurs décorations, qui étaient les plus imposants.

Xénia et le roi gravirent l'escalier recouvert d'un

tapis rouge et pénétrèrent dans le plus beau hall qu'elle ait jamais vu.

Xénia fut fascinée par la splendeur du décor peint sur le plafond et par les colonnes corinthiennes ornées de filets d'or qui se détachaient sur les murs blancs. Mais elle fut avant tout frappée par la beauté des statues.

Elle n'eut malheureusement que le temps de s'extasier car des personnalités officielles la conduisirent à travers de larges couloirs jusqu'à l'immense salle des audiences.

Cette pièce était tout à fait admirable. Xénia ne distingua d'abord que les grands candélabres dont les miroirs se renvoyaient indéfiniment les reflets.

Tandis qu'accompagnée du roi, elle s'avançait entre les deux rangs de majordomes jusqu'à l'estrade où siégeaient les trônes d'or, elle reconnut que cette salle avait été copiée sur la Galerie des Glaces du château de Versailles.

« En tout cas, c'est très beau », se dit-elle.

Sa contemplation prit fin car elle fut bientôt obligée d'accorder toute son attention aux personnes qu'on lui présentait.

Ce furent d'abord plusieurs parents âgés du roi, qui, supposa-t-elle, la chaperonneraient durant son séjour au palais. Vinrent ensuite les membres du gouvernement.

Le Premier ministre était un homme d'un certain âge aux cheveux grisonnants. Son comportement et son expression indiquèrent à Xénia qu'il représentait une force avec laquelle il fallait compter.

Il murmura un court compliment de bienvenue, puis présenta les membres de son Cabinet un par un.

La jeune fille eut l'impression que ces derniers

l'évaluaient, comme s'ils cherchaient à savoir si elle leur serait d'une quelconque utilité.

Elle se dit ensuite que c'était pure imagination de sa part.

En Luthénie, comme en d'autres petits pays, le monarque avait un pouvoir absolu. Rares étaient les occasions où le gouvernement discutait ses décisions.

Xénia vit défiler tellement de gens qu'au bout d'un moment tous ces visages se brouillèrent dans sa tête. Elle répondit machinalement aux compliments, espérant que ses phrases exprimaient avec élégance sa gratitude.

Elle s'était sentie si intimidée au moment de son entrée dans cette salle imposante, qu'elle avait craint de ne pouvoir dire un mot.

Elle n'avait eu alors qu'une envie : se cacher. Puis elle s'était souvenue qu'elle était censée être Johanna. Une remarque de sa mère lui revint à l'esprit.

– La timidité, c'est de l'égoïsme. Elle signifie que vous ne pensez qu'à vous. Intéressez-vous aux autres, à leurs ennuis, et oubliez donc les vôtres.

C'est ainsi qu'elle fit de son mieux pour suivre ce conseil. Quand la réception se termina et que les invités applaudirent, elle eut l'impression d'avoir accompli ce qu'on attendait d'elle.

Elle monta ensuite avec le roi dans ce qu'elle devina être les appartements privés.

Elle ne devait jamais perdre de vue qu'elle était censée connaître déjà la Luthénie. D'après les propos qu'on échangeait devant elle, la visite que Johanna y avait faite était antérieure aux fiançailles avec le roi.

– Ces appartements ont été entièrement refaits,

dit celui-ci. J'espère qu'ils vous plairont, ajouta-t-il sans conviction.

Pourtant, lorsqu'ils pénétrèrent dans le salon décoré à la française, meublé de consoles et de miroirs Louis XV, Xénia fut émerveillée.

Sa mère lui avait décrit les beaux meubles anciens du palais de Slovie. Elle lui en avait aussi expliqué l'origine et l'époque.

Son grand-père ayant eu une collection de tableaux, Xénia avait appris beaucoup de choses sur les maîtres italiens.

Mais ce qu'elle avait devant les yeux dépassait tout ce que sa mère avait pu lui dire.

– C'est un Fragonard, j'en suis sûre! s'exclama-t-elle.

Elle était tombée en arrêt devant un tableau d'une beauté irréelle qui, à lui seul, illuminait la pièce entière.

– C'est un de mes préférés, dit le roi. Il est bien éclairé ici. Je ne me rappelais pas chez vous un tel intérêt pour la peinture. Permettez-moi d'être surpris.

– Comment resterait-on insensible à un tel chef-d'œuvre? demanda Xénia.

La finesse du dessin et la délicatesse du coloris ne pouvaient, en effet, que charmer.

Un Boucher arracha également à la jeune fille des cris d'admiration. La beauté des tableaux éclipsait celle des porcelaines disposées sur les tables.

– Ces appartements sont les vôtres, et je suis heureux qu'ils vous plaisent. Mais vous aurez tout le loisir de les admirer plus tard, car le Premier ministre souhaite s'entretenir avec vous dès que vous aurez repris un peu haleine.

– Le Premier ministre?

– Il voudrait vous expliquer les raisons de

la précipitation avec laquelle on vous a rappelée ici.

– Ne pouvez-vous le faire vous-même? demanda Xénia.

Elle regarda le roi et il lui sembla plus cynique et ennuyé que jamais.

« Qu'est-ce qui a pu le rendre ainsi? » se demanda-t-elle.

Leurs regards se croisèrent et elle comprit qu'il était aussi intrigué à son sujet qu'elle pouvait l'être au sien. Il reprit brusquement :

– J'espère que votre séjour en Angleterre a été agréable.

– Ce fut, en effet, charmant, répondit vivement Xénia.

– Charmant? répéta-t-il sur un ton sarcastique. Charmant, votre séjour? Votre amant anglais n'aurait-il pas dû le rendre tout à fait délicieux?

Xénia ne broncha pas. Puis, à cause du ton avec lequel le roi avait prononcé le mot « amant », elle se mit à rougir violemment.

Elle ne trouva rien à répondre et se dirigea vers la fenêtre. Pour cacher son embarras, elle enleva son petit chapeau.

Elle resta ainsi à regarder, sans les voir, le jardin méticuleusement tracé et l'eau qui jouait dans les vasques.

Elle essaya d'imaginer ce que Johanna aurait dit en pareille circonstance, mais elle fut incapable de se concentrer. Comme s'il était bourré de coton, son cerveau lui refusait tout service.

La lumière du soleil éveilla des lueurs fauves dans ses cheveux. Sa peau en parut plus blanche encore.

– Vous ne répondez rien? demanda le roi sur un ton moqueur. Peut-être n'y a-t-il pas de mots pour décrire votre extase? A moins que la rencontre n'ait été décevante? Cela arrive souvent en amour, hélas...

Xénia gardait toujours le silence. Au bout d'un instant, le roi reprit :

– Vous considérez peut-être que je suis indiscret, que vous n'avez pas à me confier les détails de votre aventure? Au fait, vous ne m'avez pas encore demandé des nouvelles d'Elga. Je croyais que ma liaison avec elle vous intéressait.

Il se moquait ouvertement d'elle. Soudain, sans penser à ce qu'elle disait, Xénia s'écria :

– Je vous en prie,... ne parlez pas... comme cela.

– Et pourquoi donc?

– Parce que... cela abîme tout. Ici, tout est si beau... Ce palais digne d'un conte de fées... Je veux en profiter pendant...

Elle faillit ajouter « pendant ces quelques jours », mais elle s'arrêta à temps. Le mot resta suspendu à ses lèvres comme la dernière note d'un morceau de musique interrompu.

Après un silence qui lui parut insoutenable, le roi reprit sur un autre ton :

– Je n'arrive pas à vous comprendre. Vous affectiez une tout autre attitude lors de notre dernière rencontre.

Xénia reprit sa respiration.

Certes, elle devait continuer à aider Johanna, mais elle ne pouvait supporter que son court séjour au palais fût gâché à cause de cela.

Elle devait garder dans sa mémoire, comme un trésor, chacun de ces instants vécus au palais qui la rapprochaient de sa mère.

Une fois revenue en Angleterre, elle pourrait toujours se consoler avec ses souvenirs; n'ayant plus que la récompense promise par Johanna et la somme que son père lui avait laissée, elle serait obligée de trouver du travail.

Le roi ne dit plus rien et Xénia se retourna pour le regarder.

Les yeux agrandis, un peu effrayée, elle se demanda si elle n'avait pas trop parlé. N'allait-il pas se douter de la substitution?

Il la regardait avec une telle insistance qu'elle se mit à rougir. Puis, au moment où elle s'y attendait le moins, il sourit.

– C'est la première fois, Xénia, dit-il, que vous paraissez votre âge. Cela change de la jeune fille à la page et blasée que vous affectiez d'être.

Xénia se sentit brusquement soulagée. Il ne soupçonnait rien! Elle réussit à répondre d'un ton léger :

– Comment être blasé dans un tel cadre?

Elle s'éloigna de la fenêtre, en sachant parfaitement que le roi la suivait des yeux.

– Voulez-vous que je me change pour rencontrer le Premier ministre? demanda-t-elle.

– Non, ce n'est pas la peine. Voulez-vous vous rafraîchir? Votre chambre à coucher est à côté, et vos caméristes doivent vous y attendre.

– Merci, répondit Xénia. Devrai-je revenir ici?

– Je passerai vous chercher dans vingt minutes.

– Merci, dit-elle de nouveau.

Elle ne savait pas si elle devait faire la révérence en quittant le roi. Elle décida qu'il valait mieux, de toute façon, garder l'attitude la plus protocolaire.

Elle s'inclina donc, comptant sur son exquise robe verte pour donner de la grâce à son mouvement.

Elle se détourna alors du roi qui l'observait toujours et se dirigea vers la porte de sa chambre à coucher et l'ouvrit.

Deux servantes l'attendaient.

Cette pièce était aussi belle que la précédente.

Les tentures de soie qui garnissaient le grand lit marqueté et doré étaient du même bleu que celui des panneaux des murs.

Là encore, une peinture délicate décorait le plafond. Le bois des meubles, également peint, avait été travaillé pour représenter des fleurs et des fruits, suivant une mode que Xénia savait autrichienne.

Xénia ne se lassait pas de regarder autour d'elle. Elle s'aperçut enfin que les deux servantes, figées dans la plus cérémonieuse des révérences, attendaient ses ordres.

Sans penser que cela allait être pris pour une bien étrange coutume anglaise, Xénia tendit la main à la plus âgée des femmes.

– Je suis heureuse de faire votre connaissance, dit-elle. Merci d'avoir défait mes bagages.

– C'est un honneur et un privilège, répondit la servante.

– Comment vous appelez-vous?

– Je suis Margit, Votre Altesse Royale, et voici Vilma.

Vilma, jeune et jolie, était visiblement très intimidée par sa nouvelle maîtresse. Elle exécuta nerveusement toute une série de petites révérences.

Xénia lui sourit et se dirigea vers un miroir pour arranger sa coiffure.

– Votre Altesse Royale souhaite-t-elle changer de robe? demanda Margit.

– Cela n'est pas nécessaire..., commença Xénia.

Puis elle aperçut la penderie restée ouverte et découvrit qu'on l'avait déjà à moitié remplie de robes de rêve.

Elle eut alors une envie irrésistible de les essayer

toutes et de les porter avant que l'enchantement soit fini et qu'on renvoie la pauvre Cendrillon à sa cuisine et à ses torchons.

– Oui, je vais me changer, dit-elle joyeusement. Laquelle, à votre avis, conviendra le mieux à la circonstance?

– Il y a un banquet au palais ce soir, répondit Margit. J'ai pensé que Votre Altesse Royale pourrait porter une robe blanche. Celle-ci peut-être? dit-elle en lui montrant une robe de soie dont le drapé à la grecque était retenu par des bouquets de fleurs jaunes.

Dans le dos, au-dessous d'une tournure à peine esquissée, la jupe s'épanouissait en une courte traîne.

Elle était si jolie que Xénia resta d'abord sans voix. Elle dit enfin :

– Oui, je suis certaine que cette robe conviendra parfaitement à la soirée.

– En attendant, reprit Margit, je me permets de conseiller à Votre Altesse Royale de porter celle-ci.

Elle désigna une robe de soie vert Nil garnie de dentelles assorties.

Quand elle l'eut passée, Xénia trouva qu'elle lui allait encore mieux que celle qu'elle avait portée jusque-là, bien qu'elle ne sache pas laquelle était la plus jolie.

La seule différence résidait en ce qu'elle était plus mince que sa cousine et que sa taille, par conséquent, était plus fine.

De toute façon, la plupart des robes avaient une ceinture et celles qui n'en avaient pas pourraient être aisément retouchées.

« Les femmes de chambre penseront que j'ai perdu du poids à la suite de l'accident », décida-t-elle.

Elle raconta donc à Margit, en s'habillant, ce qui était arrivé et combien elle avait eu peur.

– Votre Altesse Royale a été bien éprouvée! murmura la vieille femme.

Vilma, de son côté, était aussi attentive qu'un enfant qu'on a amené voir Guignol.

– Ces trains sont bien dangereux, continua Margit. Peut-être même que les trains anglais le sont encore plus que les nôtres.

Cette allusion à l'Angleterre rappela instantanément à Xénia la façon dont le roi lui avait parlé de son « amant anglais ».

Oui, elle avait eu raison de croire qu'il était choqué, ulcéré, à l'idée que Johanna, sa fiancée et la future reine de son pays, se conduisait comme elle s'en était vantée.

« Comment a-t-elle pu être assez bête pour le lui dire? » se demanda Xénia.

Puis elle reconnut qu'il aurait peut-être été plus répréhensible encore de le tromper.

Elle n'imaginait pas qu'un tel problème pût jamais se poser pour elle. Le comportement de sa cousine la plongeait dans un abîme de réflexion.

De toute façon, cela ne la regardait point. Elle devait se contenter d'entretenir agréablement le roi, de le garder de tout soupçon et, plus important encore sans doute, de l'aider en fonction de ce que Mr Donington lui avait dit.

Cette idée la rendit nerveuse. Elle doutait que ce qu'elle pût dire ou faire représentât une quelconque importance pour le roi.

« Il était si magnifique, si imposant », pensa-t-elle. En tout cas, il n'avait certainement pas l'air heureux. »

La mère de Xénia avait déclaré un jour à celle-ci, en évoquant sa vie de jeune fille :

– Les gens s'imaginent que ceux qui vivent dans des palais ont une vie facile et heureuse. Mais ce n'est pas le cas.

– Vous n'étiez donc pas heureuse, maman?

– Seulement quand j'étais très jeune, avait répondu sa mère. Plus tard, je me suis souvent sentie frustrée d'être ainsi tenue à l'écart de toute réalité.

Mrs Sandon s'était mise à rire.

– J'avais l'impression, avait-elle ajouté, d'être un canari dans une cage ou un poisson rouge dans un bocal. On me regardait, mais je n'avais pas le droit de prendre part à ce qui se passait autour de moi.

Elle eut l'air songeur puis ajouta :

– Si je ne m'étais pas enfuie avec votre père, j'aurais mené une existence vaine, sans but. J'aurais eu le cœur brisé.

– Vous auriez fait une très belle archiduchesse, maman, avait dit Xénia.

– Je sais, en tout cas, avait répliqué Mrs Sandon, que je n'aurais été que la très malheureuse épouse d'un archiduc. J'aurais, en outre, été stupide.

Eprouvant le besoin d'expliquer cette dernière remarque, elle avait ajouté :

– Quand les gens sont malheureux, ils sont ou ennuyeux et ennuyés, ou amers et déçus. Rien de tel pour vous priver de tout rayonnement.

– Je vous entends, maman.

– Comprenez bien cela : le bonheur est un devoir. Il ne compte pas que pour soi. Il est aussi important pour tous ceux qui vous entourent.

Xénia comprit que sa mère n'avait voulu donner que du bonheur aux habitants de Little Coombe, et que tous l'avaient adorée pour cela.

Elle se souvint des larmes sincères versées lors

des funérailles de Mrs Sandon, et des fleurs apportées sur sa tombe par les plus pauvres.

« Le roi est malheureux, pensait-elle. Je dois donc changer cela, tout comme maman l'aurait fait. »

Elle ne se demanda pas comment cela lui serait possible en si peu de temps. Elle ne savait qu'une chose : elle s'était assigné une tâche et elle devait par tous les moyens, même si l'issue paraissait douteuse, s'efforcer de l'accomplir.

Quand elle revint dans le salon, elle trouva le roi, debout près d'une table, qui l'attendait en tournant les pages d'un journal. Dès qu'il l'entendit, il se retourna brusquement.

Presque instinctivement, Xénia s'immobilisa, comme pour mieux se prêter à son examen.

Après l'avoir considérée un instant, il déclara :

– Vous êtes encore plus charmante que tout à l'heure! Est-ce ce que vous espériez m'entendre dire?

Il la contempla en souriant comme s'il comprenait pourquoi elle avait changé de robe.

– Je veux être digne de votre palais, expliqua Xénia.

– Vous ne pouvez en être qu'un nouvel ornement, répondit le roi.

Elle sourit.

– C'est le plus beau compliment qu'on puisse me faire.

Elle avait parlé en toute spontanéité et se demanda s'il croyait que les compliments la laissaient insensible; Johanna devait en avoir reçu tellement!

Puis elle ressentit soudain une espèce d'agacement à chercher toujours ce que Johanna aurait fait ou dit dans les mêmes circonstances, à essayer d'éviter que le roi remarque la moindre différence entre elles.

« Tant pis s'il s'aperçoit de quelque chose, se dit Xénia. Il sera bien obligé de s'en accommoder. Peu m'importe, puisque je ne serai plus là. »

Elle décida, comme si quelqu'un d'autre le lui avait conseillé, d'être simplement elle-même pour mieux aider le roi.

– Montrez-moi les autres transformations que vous avez apportées au palais, demanda-t-elle. A vrai dire, depuis l'accident, qui m'a causé des troubles de mémoire, je ne parviens plus à me rappeler l'état exact de ces lieux lors de ma dernière visite.

– Quels sont les autres souvenirs que vous n'arrivez pas à retrouver?

– Oh, il y en a des tas, répondit Xénia. Le comte Gaspar me disait qu'à la suite d'un traumatisme, il avait perdu lui-même la mémoire pendant quinze jours. Je crois que c'est ce qui m'est arrivé également; mais j'espère bien être rétablie dans deux semaines.

– Ce serait dommage, dit le roi. Accident ou pas, je vous aime bien comme vous êtes.

– Vous devez donc m'aider, reprit Xénia. Je ne veux pas que ceux qu'il m'a été donné de rencontrer et que je ne reconnais plus aujourd'hui croient que je les trouve indignes au point de ne me laisser aucun souvenir.

– Vous vous souciez donc de ce qu'ils pensent? demanda le roi.

– Naturellement. Je détesterais qu'ils me croient impolie, froide ou indifférente.

Elle se souvint qu'il lui était exactement apparu ainsi lors de leur première rencontre. Elle devait s'efforcer à l'avenir de l'empêcher de se montrer sous ce vilain jour aux foules venues l'acclamer.

A sa surprise, il parut lire dans ses pensées.
– Prétendez-vous me faire la leçon d'une manière détournée? fit-il. J'avoue que je ne m'attendais pas à cela de votre part.
– Loin de moi l'idée de vous faire la leçon, répliqua-t-elle aussitôt.
– J'ai cependant l'impression que vous cherchez à me faire toucher du doigt une vérité peu plaisante.
Xénia se mit à rire.
– C'est ainsi que l'on s'y prenait lorsque j'étais petite pour m'administrer une purge. On enrobait la pilule dans de la confiture ou du miel.
– Ce fut la même chose pour moi, répondit le roi. J'ai donc de bonnes raisons de soupçonner que ce que vous m'offrez me paraîtra bientôt très amer.
Il était beaucoup plus perspicace qu'elle ne l'avait pensé. Ce serait donc une erreur de lui montrer trop ouvertement où elle voulait en venir.
– Est-ce que le Premier ministre nous attend? demanda-t-elle.
– Oui, je suppose. Mais rien ne presse. Qu'il attende!
– N'est-ce pas un peu... cavalier?
– Je n'ai pas à me gêner avec Kalolyi. Il mérite de ma part toutes les grossièretés, répliqua vivement le roi. Il mine mon autorité. Il enfreint mes ordres, et si je n'y prends garde, il s'assiéra bientôt sur mon trône.
Il était devenu violent. Xénia le regarda avec surprise.
– Si vous le jugez ainsi, dit-elle, pourquoi ne vous débarrassez-vous donc pas de lui?
– Pour menacer la constitution? demanda le roi.
Il expliqua :

– Il n'est même pas question de savoir qui gagnerait la bataille. Kalolyi gagne toujours. Ce n'est pas moi qui règne sur ce pays. C'est lui!

Xénia commençait à comprendre pourquoi le roi paraissait si sombre.

– J'ai entendu dire que des troubles avaient éclaté dans la capitale, dit-elle.

– Des troubles? En effet.

– Ne pouvez-vous rien faire?

– Demandez à Kalolyi. Il est le maître de la situation. Quand cela va bien, c'est à lui que nous le devons. Quand cela va mal, c'est moi qui suis responsable.

La colère enflait sa voix.

– Ne perdez pas votre temps ici, reprit-il. Venez donc écouter ce que Kalolyi doit vous dire sur ce que sera votre rôle dans le chaos qu'il a créé.

Xénia le regarda avec stupéfaction, mais n'eut pas le temps de lui en demander davantage. Il ouvrit la porte et l'invita à le suivre dans le couloir.

Un huissier de la Cour les attendait.

L'homme s'inclina respectueusement, puis les précéda dans l'escalier d'honneur.

– Est-ce que tous les invités sont partis? demanda Xénia, pour rompre le silence tout en sachant que l'huissier pouvait entendre tout ce qu'ils disaient.

– J'imagine que beaucoup se sont attardés, répondit le roi. De toute façon, nous n'avons plus à nous occuper d'eux. Nous devons retrouver le Premier ministre dans une autre partie du palais.

Ils s'engagèrent dans une suite de couloirs déserts.

Xénia, une fois de plus captivée par les tableaux qui ornaient les murs, espéra qu'elle aurait le temps de tout voir pendant son séjour.

« Si je pouvais me procurer une maquette du palais, pensa-t-elle, une maison de poupée en quelque sorte, cela m'aiderait à me rappeler le moindre détail. Rien ne m'échapperait. »

Elle avait déjà la sensation que les minutes passaient trop vite. Elle allait être privée de son plaisir avant même d'avoir eu le temps de l'apprécier.

Des laquais en habit de cérémonie ouvrirent la grande porte à deux battants. Le roi et Xénia entrèrent côte à côte.

Trois hommes les attendaient dans la salle la plus froide et impersonnelle qu'elle ait encore jamais vue dans le palais.

Le premier était le ministre des Affaires étrangères, que Xénia connaissait déjà; il y avait, bien entendu, le Premier ministre lui-même; quant au troisième, elle se rappela vaguement qu'on le lui avait présenté comme le Grand Chancelier.

Ils saluèrent. Le roi indiqua à sa fiancée une chaise recouverte de velours vert et prit place à côté d'elle.

– Asseyez-vous, messieurs, dit-il, s'adressant aux autres.

Le Premier ministre prit place face à Xénia et remarqua qu'elle attendait avec appréhension qu'il prenne la parole. Il lança un coup d'œil au roi et déclara :

– Je pense que Votre Altesse Royale a déjà été mise au courant...? commença-t-il.

– Je n'ai rien dit! interrompit le roi. Je vous ai laissé ce soin. C'est vous qui avez conçu ce plan. J'ai donc pensé que vous étiez mieux placé que moi pour l'exposer, dit-il sur un ton sarcastique.

Xénia, qui sentit l'embarras la gagner, demanda au Premier ministre avec un sourire :

– Qu'avez-vous à me dire?

– La précipitation avec laquelle nous vous avons rappelée de Londres n'a pas dû être sans vous surprendre, madame?

– Certes, cela était inattendu, convint-elle.

– Vous avez sans doute appris qu'une certaine agitation règne en Luthénie?

– On me l'a dit, en effet.

– Je crois donc indispensable que nous offrions le plus tôt possible à la populace l'occasion de se changer les idées.

– De quelles idées parlez-vous? demanda Xénia.

– De celles qui peuvent conduire à la rébellion et à la révolution, déclara amèrement le Premier ministre.

– Si de tels événements se produisaient, ce serait l'œuvre de votre gouvernement, interrompit le roi. J'ai dit depuis longtemps que les impôts étaient trop lourds; le peuple ne supportera pas longtemps votre oppression.

– Comme j'en ai déjà informé Votre Majesté à plusieurs reprises, répondit le Premier ministre, mon gouvernement n'était pas en mesure de renoncer aux lois que vous critiquiez.

– On n'a tenu aucun compte de mes observations, répliqua sèchement le roi.

Le Premier ministre faillit répondre au roi sur le même ton. Faisant un visible effort sur lui-même, il y renonça et s'adressa à Xénia :

– Nous avons demandé à Votre Altesse Royale de venir parce qu'il est important, ainsi que je l'ai déjà dit, de distraire le peuple de ses griefs imaginaires.

Xénia crut que le roi allait riposter vertement au mot « imaginaires », mais il se contenta de prendre l'attitude hautaine qu'il avait adoptée lorsque la voiture avait quitté la gare.

– Qu'avez-vous à me proposer? demanda Xénia.
– Je suggère, Votre Altesse Royale, répondit le Premier ministre, que votre mariage avec Sa Majesté ait lieu immédiatement.
Elle le regarda pendant un moment, comme si elle ne parvenait pas à comprendre.
La gorge serrée, elle répéta d'une voix à peine audible :
– Immé... diatement?
– Dans les sept jours qui viennent, Votre Altesse Royale. On l'annoncera ce soir. Dès demain on commencera à décorer les rues.
– Je... c'est... impossible.
Les mots avaient jailli de ses lèvres.
– Rien n'est impossible, repartit le Premier ministre. En l'occurrence, madame, il s'agit d'une nécessité.
– Mais une semaine! s'exclama Xénia. Non! Je ne peux y consentir. Nous devons attendre... encore un peu.
Elle essaya précipitamment de calculer la date du retour de Johanna.
Son propre voyage pour arriver à Molnar avait duré trois jours, et sa cousine avait prévu d'en passer dix avec lord Gratton.
A supposer qu'il fallût également trois jours à celle-ci pour atteindre la Luthénie, cela faisait un total de treize jours.
Elle devança le Premier ministre, qui semblait sur le point de prendre la parole.
– Deux semaines, dit-elle. Je crois que cela sera possible dans deux semaines... Je crois... D'ailleurs, je ne pense pas qu'une semaine de plus puisse changer quelque chose.
– Il suffit de vingt-quatre heures, Votre Altesse Royale, pour qu'un pays soit plongé dans la révolution et qu'un trône soit perdu.

Le Premier ministre avait parlé gravement, mais Xénia le soupçonnait d'avoir cherché à l'effrayer.

Elle se tourna vers le roi. Celui-ci, toujours figé dans sa raideur, ne manifestait aucune intention de prendre part à la discussion.

– Voulez-vous insinuer que si notre mariage n'avait pas lieu dans les sept prochains jours, Sa Majesté pourrait... perdre son trône?

Malgré son émotion, elle s'était efforcée de s'exprimer avec calme.

– Je dis, Votre Altesse Royale, répliqua le Premier ministre, qu'il faut absolument que vous soyez mariée mardi prochain, comme je l'ai prévu d'ailleurs. Pourquoi attendrions-nous la semaine suivante?

– Parce que... parce que mon père et ma mère ne pourront pas assister à la cérémonie.

– C'est évidemment fâcheux, reconnut le Premier ministre. Je suis cependant certain que Son Altesse Royale l'archiduc, quand les événements lui seront connus, comprendra l'urgence de la situation.

– Nous pouvons annoncer le mariage maintenant et procéder à la cérémonie dans quatorze jours, dit Xénia.

Le Premier ministre l'arrêta d'un geste.

– Sept jours... quatorze jours! Pourquoi attendre? Nous sommes à Molnar. J'ai tout organisé. Du reste, Sa Majesté m'a donné son accord avant que nous ne demandions à Votre Altesse Royale de revenir d'Angleterre.

– J'ai donné mon accord, contraint et forcé, fit remarquer le roi, le pistolet sur la tempe, en quelque sorte.

– L'affaire étant donc convenue, à quoi sert-il de discuter sur le nombre de jours? poursuivit le Premier ministre.

Xénia chercha vainement une excuse.

– Fort bien. Cela est réglé, trancha Kalolyi. L'annonce sera faite immédiatement et paraîtra dans les journaux demain matin.

Comme personne n'intervenait plus, il reprit la parole :

– J'ai prévu que Votre Altesse Royale et Sa Majesté recevraient la presse demain. Les journalistes assisteront à une réception donnée au Parlement, puis ils se rendront au palais. Ils chercheront sans doute à vous connaître mieux, madame. Ils vous questionneront, par exemple, sur votre trousseau.

Xénia n'aimait pas l'ironie avec laquelle il venait de parler. En fait, elle détestait tout en lui. Elle le soupçonnait d'imposer brutalement sa volonté à tout le monde, comme il l'avait contrainte à consentir à ce qu'il voulait.

Le roi se leva.

– Vous nous enverrez sans doute une liste d'instructions que nous devrons suivre à la lettre, n'est-ce pas, Kalolyi?

Sa voix avait été à la fois sarcastique et amère.

– Votre Majesté plaisante!

L'animosité entre ces deux hommes était flagrante. Pour détendre l'atmosphère, Xénia s'adressa au ministre des Affaires étrangères.

– Je vous remercie d'être venu m'attendre à la frontière, Mr Dudich.

– Ce fut un très grand plaisir pour moi, madame, répondit-il. Permettez-moi d'exprimer le regret que l'archiduc et l'archiduchesse ne puissent assister à votre mariage. J'ai cru comprendre qu'ils étaient en Russie.

– Je suis sûre que ce sera pour eux une grande déception, dit Xénia.

Xénia dut faire un immense effort sur elle-même pour serrer la main du Premier ministre.

Le roi avait raison : cet homme était un ambitieux, un arrogant; il appartenait à la race des dictateurs.

Par contre, le sourire bon et presque confus du Grand Chancelier apporta un certain réconfort à la jeune fille.

Sans plus tarder, le roi et elle sortirent de la salle. Ils parcoururent en silence un long couloir jusqu'à une porte dont les deux battants délicatement peints leur furent ouverts immédiatement.

Ils pénétrèrent dans un salon éclairé par de hautes fenêtres donnant sur les jardins.

Dès que la porte fut refermée derrière eux, le roi éclata :

– Maintenant, vous comprenez! Vous voyez contre quoi je m'élève! S'il est question de révolution, c'est uniquement la faute du Premier ministre.

– Le peuple doit le haïr, répondit Xénia.

– Il le craint, ce qui est plus grave. Quant à son cabinet, il n'est composé que de pantins qu'il fait danser à son gré.

– Il faut donc à tout prix vous débarrasser de cet homme.

Le roi rit tristement.

– Je ne peux à moi seul soulever des montagnes. Ce qu'il dit a maintenant force de loi. Ce vieux gâteux de Grand Chancelier lui cède en tout.

– Il doit bien y avoir un moyen, murmura Xénia.

Le roi la regarda, puis il changea de ton :

– Je suis désolé de vous ennuyer avec tout cela. D'autant que vous ne souhaitez pas plus que moi ce mariage. Kalolyi a décrété que nous nous épouserions, comme il décide tout le reste.

– Désirez-vous en épouser une autre? demanda Xénia à voix basse.

– Grand Dieu, non! fit le roi. Vous pensez bien qu'avec Elga il n'est pas question de mariage. Je répugne simplement à ce que Kalolyi m'oblige à faire quoi que ce soit. En l'occurrence, il a tout arrangé avec votre père sans me consulter!

– Je conçois que... cette affaire vous déplaise, dit Xénia.

– Vous partagiez pourtant cet avis la dernière fois que nous nous sommes vus.

Xénia resta silencieuse.

– Nous n'avons pas le temps de revenir sur le passé, répondit-elle enfin. Il faut penser à l'avenir. Il faut trouver un moyen de vous dégager, ainsi que le pays, de l'emprise de cet individu.

Elle n'était absolument pas convaincue d'une telle possibilité. La situation lui paraissait sans espoir; et elle-même se sentait désarmée.

N'ignorait-elle pas tout des Premiers ministres, des révolutions, des rois?

Elle savait cependant depuis son expérience avec Mrs Berkeley que les tyrans étaient tous les mêmes. Ils écrasaient les gens sous leur autorité; ils les réduisaient à la servilité; ils anéantissaient tout espoir de liberté.

– A quoi songez-vous? demanda le roi.

– Je pensais à vous, répliqua Xénia. Je me demandais si vous ne faisiez pas le jeu de votre adversaire.

– Que voulez-vous dire?

– Depuis la gare jusqu'au palais, j'ai cherché ce qui n'allait pas, ce qui sonnait faux. J'ai pensé...

Elle hésita.

– Eh bien, qu'avez-vous pensé?

– Vous allez me trouver... brutale.

Le roi eut un bref sourire.

– Je suppose que vous allez me parler franchement. Rassurez-vous. Aussi brutale que vous soyez, je ne m'en offenserai pas.

– Bon... J'ai pensé que vous aviez l'air ennuyé et lointain, comme si tous ces gens venus vous acclamer étaient bien au-dessous... comme s'ils ne méritaient pas la moindre attention.

– Grand Dieu! Ce n'est pas cela! s'écria le roi. Je m'élevais simplement contre cette décision de vous avoir fait venir d'urgence, sans même m'avoir consulté. J'étais indigné d'avoir à vous épouser de gré ou de force. Je refusais les applaudissements d'une foule qui n'était là que sur commande.

– Sur commande? Que voulez-vous dire? demanda Xénia.

– Il y a trois jours que les crieurs de ville parcourent les rues, annoncent votre arrivée, vantent vos charmes, et clament au peuple que tout ira pour le mieux quand il aura une reine. Vous savez pourtant qu'il n'en sera rien, morbleu!

Ce juron fit sursauter Xénia. Le roi se reprit.

– Excusez-moi. Je ne devrais pas vous parler comme cela. C'est que je suis las de cette ronde infernale, qui ne peut mener nulle part et de laquelle je ne parviens pas à m'échapper.

Xénia fut émue par son amertume.

Elle fit un pas vers lui et posa la main sur son bras.

– Je suis désolée, dit-elle, vraiment désolée. Je ne peux croire qu'il n'y ait aucune issue pour vous. Si seulement nous pouvions la trouver...

Elle manifestait une très sincère compassion. Il lui fut impossible de détacher les yeux de ceux du roi.

Comme ils se tenaient ainsi, face à face, une pendule sur la cheminée sonna.

Xénia tressaillit.

– A quelle heure dois-je être prête pour le banquet? demanda-t-elle.

– Vous avez trois quarts d'heure.

Elle poussa un petit cri.

– Il va falloir que je me dépêche.

Elle se dirigea vers la porte.

– Qu'ils attendent! fit le roi. Bien que je préside la table, c'est Kalolyi qui sera le véritable maître de maison. C'est lui qui a lancé les invitations.

Xénia avait atteint la porte. Elle tourna la tête pour lui sourire.

– Je ne veux pas être en retard, répliqua-t-elle. J'ai faim. Je suis certaine que la nourriture sera en tout point digne de ce palais.

Elle ouvrit vivement la porte. En quittant la pièce elle entendit le rire du roi. Cette fois, il exprimait un amusement sans mélange.

4

En s'éveillant Xénia eut le sentiment qu'une tâche urgente l'attendait. Puis divers sujets d'inquiétude lui revinrent à l'esprit.

Il y avait d'abord, et surtout, le risque d'être mariée au roi avant le retour de Johanna.

Cette possibilité était la plus alarmante.

Mais elle se dit bientôt qu'en voyant l'annonce de la cérémonie dans les journaux, Johanna se hâterait de rentrer en Luthénie...

Xénia était certaine que toute la presse d'Europe préciserait la date du mariage.

On spéculerait dans les éditoriaux sur les raisons

d'une telle hâte; on l'attribuerait, avec quelque vérité, au désir d'apaiser le peuple.

Il était si aberrant de devenir la femme d'un roi, alors que celui-ci croyait en épouser une autre, que Xénia préféra penser à autre chose.

Il n'y avait d'ailleurs pour le moment d'autre solution que de se soumettre aux plans du Premier ministre.

Elle mit donc ce problème de côté et se concentra sur les difficultés que le souverain avait à affronter.

La nuit précédente, elle avait été à la fois passionnée et éblouie par sa première expérience d'un banquet officiel. Elle avait en effet résolu de faire tout ce que ses faibles moyens lui permettaient pour empêcher que l'insatisfaction générale des Luthéniens prenne de l'ampleur.

Elle avait été enchantée de s'entretenir avec les personnalités de la politique et de la noblesse invitées au palais et de faire la connaissance des parents du roi.

Parmi ces derniers, elle avait remarqué particulièrement la duchesse douairière Elizabeth de Mildenburg, la tante du monarque, qui lui rappelait sa mère et était en fait une lointaine alliée du roi de Slovie.

La duchesse douairière avait été horrifiée en apprenant que le mariage aurait lieu pendant le séjour en Russie de l'archiduc et de l'archiduchesse.

– Je suis certaine que votre mère en sera bouleversée, ma chère, avait-elle dit à Xénia.

– Je le crois aussi, madame, avait répondu la jeune fille. Le Premier ministre prétend que c'est le seul moyen d'écarter la menace d'une révolution.

La duchesse douairière la regarda comme si elle était étonnée d'une telle franchise.

– Je m'inquiète pour Istvan, avait-elle repris. Il faut que vous l'aidiez, ma chère. Une épouse peut être d'un grand secours dans des circonstances aussi difficiles.

– Je ferai de mon mieux, avait promis Xénia.

La duchesse la remercia d'un sourire.

La table, somptueusement dressée, décorée de fleurs exotiques, éclairée par de grands candélabres d'or, dépassait en beauté tout ce qu'on pouvait imaginer.

Xénia pensait aussi que la robe qu'elle portait convenait parfaitement à l'occasion. Elle avait l'impression, sans en être absolument sûre, que les regards du roi l'en complimentaient.

« Je comprends, s'était-elle dit au moment de se mettre au lit, que Johanna ne puisse supporter de renoncer à tout cela, même pour l'homme qu'elle aime. »

Malgré le prestige d'un trône, elle savait pourtant bien qu'à la place de sa cousine, elle aurait, comme sa propre mère, tout sacrifié au vrai bonheur; elle aurait préféré appartenir à celui qui l'aimait et qu'elle aimait.

Voulant que les hommes politiques et la noblesse se rallient au roi, Xénia s'était efforcée d'être charmante et de surmonter sa timidité naturelle qui, en d'autres circonstances, l'aurait privée de ses moyens.

– Je suis heureux de votre mariage, madame, lui avait déclaré un noble dont les terres, à ce qu'on prétendait, étaient immenses, et qui exerçait une influence prépondérante dans sa région.

– J'en comprends, de même que vous, la nécessité, avait répondu Xénia à voix basse. Je suis sûre que le roi pourra plus que jamais compter sur votre appui.

Devant la surprise avec laquelle l'homme l'avait regardée, Xénia comprit que contrairement à son devoir, le roi ne s'était jamais assuré de la fidélité de la noblesse luthénienne.

C'est ainsi qu'elle s'était promenée parmi les invités en faisant comprendre à chacun qu'elle était consciente de la gravité et des dangers de la situation.

Elle leur suggérait d'envisager, s'ils ne l'avaient déjà fait, leur position personnelle en cas d'affrontement.

L'idée ne lui était pas venue que c'était là une démarche sans précédent de la part d'un personnage royal. Le roi la regarda avec stupeur mais n'intervint pas.

En prenant congé, plusieurs invités dirent à leur souverain, d'un air entendu :

– Votre Majesté sait qu'elle peut compter sur moi. Je suis son humble serviteur.

Lorsqu'ils quittèrent le salon, suivis par la famille royale, le roi lui demanda :

– Que leur avez-vous raconté?

La jeune fille, qui doutait de son approbation, lui lança un regard craintif.

– J'ai pensé que ce serait une bonne idée de faire prendre conscience à vos invités que vous pourriez avoir besoin d'eux... A supposer, bien entendu, que la situation soit aussi grave que le Premier ministre le prétend.

Le roi n'avait pas répondu. Mais alors qu'ils approchaient de l'escalier et que Xénia s'apprêtait à remonter chez elle, il lui avait déclaré :

– Je vous suis infiniment reconnaissant. Je ne laisse pourtant pas d'être étonné. Je ne me doutais pas que vous vous intéressiez à la politique.

– Celle qui se joue ici peut avoir des conséquences non seulement pour vous mais pour tous vos sujets.

Voyant que le Roi l'écoutait, elle avait ajouté :

– J'ai l'impression que ceux qui ne vivent pas à Molnar, les grands propriétaires, les aristocrates, ont été tenus, peut-être délibérément, dans l'ignorance de ce qui se passe.

– Vous êtes très perspicace, avait répondu le souverain. Vous pensez donc que j'aurais dû déjà solliciter leur appui.

– Il n'est pas trop tard, avait répliqué Xénia avec un petit sourire.

En se joignant à eux la duchesse douairière interrompit leur conversation.

Le roi s'était contenté de dire calmement à Xénia, après lui avoir baisé la main :

– Merci.

Il l'avait suivie des yeux tandis qu'elle montait, avec sa tante, l'escalier.

« J'ai fait ce que je croyais devoir faire », avait pensé Xénia.

Elle se souvint qu'à plusieurs reprises, au cours de la soirée, elle avait senti sur elle le regard désapprobateur du Premier ministre.

Le roi devait se débarrasser de cet homme, mais comment? Il n'était désormais plus concevable que Kalolyi garde une telle emprise sur son Cabinet et sur les membres du Parlement.

Margit tira les rideaux et s'approcha du lit.

– Je vous ai apporté les journaux, Votre Altesse Royale. J'ai pensé que vous les parcourriez pendant votre petit déjeuner. On y raconte très joliment votre arrivée.

Xénia s'assit et se plongea avidement dans sa lecture.

Il y avait trois journaux et elle lut successivement tout ce qui la concernait.

Elle vit tout de suite que les articles étaient écrits dans des termes presque identiques. Elle ne douta point qu'une même source ne les eût inspirés.

Elle demanda à Margit qui revenait avec le plateau du petit déjeuner :

– N'y a-t-il pas d'autres journaux à Molnar?

La vieille servante hésita un instant.

– Il y en a un autre, Votre Altesse Royale, répondit-elle enfin.

– Pourquoi ne me l'avez-vous pas apporté?

– Ce n'est... Je ne crois pas qu'un journal de ce genre intéresserait Votre Altesse Royale.

– Pourquoi?

De nouveau Margit hésita. Puis, comme si elle croyait qu'il était tout de même de son devoir de dire la vérité, elle déclara courageusement :

– La *Voix du Peuple* est un journal indépendant. Il est hostile au gouvernement.

– J'aimerais le lire, dit Xénia.

La camériste la regarda avec inquiétude.

– Je ne crois pas..., commença-t-elle.

– Je suis sûre qu'on peut en trouver un exemplaire au palais, interrompit Xénia. Un des valets de pied me prêterait peut-être le sien.

Elle pensait que Margit allait trouver une excuse, mais celle-ci, sans mot dire, sortit de la pièce.

Elle revint alors que Xénia finissait son petit déjeuner.

Elle avait dissimulé le journal sous son tablier et ne l'en sortit que lorsqu'elle fut près du lit.

– J'aurais des ennuis, Votre Altesse Royale, si l'on savait que je vous l'ai apporté.

– Je vous promets de ne le dire à personne, répondit Xénia en souriant.

Dès qu'elle eut ouvert le journal, elle comprit pourquoi Margit avait tellement hésité avant de le lui donner.

Loin d'acclamer son arrivée et l'annonce de la célébration prochaine du mariage, l'éditorial les dénonçait de la manière la plus directe. On y lisait :

Quand les Romains avaient des difficultés avec les peuples qu'ils avaient asservis, ils organisaient des jeux pour les distraire des injustices et des privations. Le mariage de notre roi avec la princesse Johanna de Prusse n'est qu'un divertissement donné dans les arènes luthéniennes. Que le spectacle l'amuse ou non, le peuple paiera la note.

Xénia parcourut les autres pages du journal et y trouva de nombreux témoignages d'oppression et d'iniquité.

Même si l'on faisait abstraction de l'hostilité systématique et de l'agressivité du style dans lequel ces histoires étaient écrites, chacune d'elles devait comporter un peu de vérité.

Elle lut le journal de la première à la dernière ligne, puis elle le rendit à Margit et alla prendre son bain.

Pendant tout le temps de ses ablutions elle ne cessa de penser à ce que sa lecture lui avait révélé.

Naturellement, elle ne se faisait aucune illusion sur les remèdes qu'elle pourrait apporter personnellement à tant de maux.

En s'habillant, elle dit à Margit :

– La Luthénie paraît être un pays prospère. Y a-t-il beaucoup de pauvres à Molnar?

– Il y en a en effet, Votre Altesse Royale, répondit Margit. Cela tient à ce que les gens ne reçoivent aucun secours quand ils sont dans le dénuement et

aussi à ce que les impôts sont très lourds. Les riches eux-mêmes ne sont pas aussi généreux qu'ils l'étaient autrefois.

– Pourquoi les impôts sont-ils si lourds? demanda Xénia.

Le journal de l'opposition lui en avait donné une idée, mais elle voulait connaître l'opinion de Margit.

Comme celle-ci restait muette, elle insista :

– Dites-moi la vérité, Margit. Vous savez bien que je suis une étrangère ici. Je voudrais pourtant aider le roi à restaurer sa popularité. Je ne peux tenter d'arranger les choses que si je comprends ce qui s'est passé.

La servante parut surprise. Elle se décida enfin à parler :

– Nous aimions tous Sa Majesté le roi quand il était enfant. Nous aimions aussi madame sa mère pour sa bonté et sa compréhension.

– Je veux que vous l'aimiez encore. Le journal que je viens de lire parle d'une grande pauvreté. Or, nul ne semble s'en soucier. L'argent va bien quelque part pourtant!

Margit regarda par-dessus son épaule comme si elle craignait d'être entendue.

– On prétend, Votre Altesse Royale, dit-elle avec précaution, qu'on le dépense en bâtiments. Un nouvel hôtel de ville, de belles demeures pour le Premier ministre et les membres du gouvernement... Des parcs, des statues et des fontaines dans les beaux quartiers... Le peuple pense que tout cela est exagéré, d'autant que les écoles sont en nombre insuffisant et que les enfants qui les fréquentent ont souvent faim.

Xénia serra les lèvres.

C'était exactement ce qu'elle avait lu dans le

journal, mais il était encore plus pénible de se l'entendre dire.

– Je suis de votre avis, Margit, dit-elle. C'est fâcheux. Cela ne devrait pas être.

Elle n'eut pas le temps de poursuivre sa conversation car elle devait participer à la réception donnée au Parlement.

Elle avait entendu dire par le comte Gaspar qu'aujourd'hui la voiture royale ne serait escortée que par un petit escadron de cavalerie.

Le roi l'attendait dans le hall. Il eut un léger sourire d'approbation lorsqu'il la vit apparaître, vêtue d'une robe jaune jonquille et coiffée d'un petit chapeau orné de plumes d'autruche de la même teinte.

Margit avait coiffé ses cheveux de la manière la plus savante. Xénia se doutait, en outre, que leur couleur était rehaussée par le jaune de la robe et par le collier de topazes qu'elle portait autour du cou.

La vieille servante lui avait fait prendre une petite ombrelle assortie à sa toilette destinée à la protéger du soleil et de la chaleur. La jeune fille l'ouvrit dès qu'ils franchirent la grande porte.

Aux abords du palais, une foule de femmes et d'enfants manifesta joyeusement à leur apparition.

Mais il y avait aussi, comme la veille, de nombreux individus à l'aspect sinistre qui les fixaient d'un air sombre et mécontent.

Les cavaliers aux casques emplumés avaient belle allure. Xénia craignait que la plus grande part des acclamations leur soit destinée.

Ce jour-là, les fiancés n'étaient pas seuls dans la voiture. Mme Gyula, en qualité de dame d'honneur, et le comte Gaspar, en celle d'aide de camp du souverain, étaient assis en face d'eux.

Les arbres en fleurs, le soleil qui rendait éclatante la neige des montagnes, les jupes aux vives couleurs que portaient les femmes dans les rues, tout cela donnait de nouveau à Xénia le sentiment de vivre un conte de fées.

– Quand toutes les réceptions officielles seront terminées, dit-elle au roi, j'espère que j'aurai la chance de visiter la ville et aussi de me promener dans la campagne.

– Je doute que vous en ayez le temps avant le mariage, repartit le roi.

– Il le faut absolument! s'exclama Xénia sans réfléchir.

Elle était sûre que Johanna arriverait avant les noces; alors, en ce qui la concernait, la comédie serait finie; comme une simple mortelle, elle rentrerait en Angleterre.

– Si vous y tenez tellement, dit le roi, nous tâcherons d'arranger cela, quoique, je vous en avertis, un programme très chargé nous attende.

– Peut-être parviendrons-nous à tout faire en nous levant tôt et en nous couchant tard?

Cette suggestion amusa fort son compagnon.

– Je vous suggère d'en parler au comte, dit-il. C'est lui qui connaît toutes nos obligations et qui organise notre emploi du temps. Peut-être trouvera-t-il le moyen de réserver les moments qui vous sont nécessaires.

– Je ferai certainement de mon mieux, madame, promit le comte.

– Naturellement, je ne veux pas sacrifier quelque chose d'important, fit vivement Xénia.

– Tout dépend de ce que vous appelez important, remarqua le roi d'un ton sarcastique.

Comme elle ne trouvait rien à répondre, il reprit :

– Aujourd'hui le Parlement doit nous présenter son cadeau de noces que Kalolyi a certainement choisi.

– A-t-il vraiment ce pouvoir? demanda Xénia.

– Qui l'en empêcherait? fit machinalement le roi. Savez-vous de quoi il s'agit, cette fois, Horvath?

– Je ne sais rien officiellement, Sire, répliqua le comte. Ce doit être quelque chose que le Premier ministre juge d'importance pour la ville.

– Tout au moins pour certains quartiers de la ville, dit Xénia.

Elle pensait à ce que Margit lui avait raconté et à ce qu'elle-même avait lu dans le journal.

Le roi et le comte la regardèrent avec surprise.

– Que voulez-vous insinuer? demanda le souverain.

Les acclamations qui retentirent à leur arrivée sur la place du Parlement la dispensèrent de répondre.

Faisant ce qu'elle croyait être son devoir, elle se tourna pour agiter la main et sourire à l'adresse du peuple qui se tenait le long des rues.

Il y avait du monde. Elle pensa que le Premier ministre avait veillé à ce qu'une assistance aussi nombreuse que possible les contemple.

« Notre arrivée au Parlement fait, bien sûr, partie des jeux du cirque », se dit-elle.

La foule se faisait plus dense au fur et à mesure qu'ils avançaient et bien que l'enthousiasme fût loin d'être général, certains vivats donnaient une impression de spontanéité.

La voiture s'arrêta devant l'entrée d'un grand et beau bâtiment. Xénia et le roi durent parcourir une petite allée jusqu'à l'escalier qui menait à la porte.

Le public était tenu en respect par des soldats. De

nombreux policiers, portant un uniforme que Xénia jugea un peu trop voyant, mais élégant, complétaient le service d'ordre.

La jeune fille marchait lentement, car elle croyait important de donner le temps à ceux qui étaient venus de voir leur roi.

Elle constata avec plaisir que celui-ci répondait bien mieux que la veille aux acclamations.

Ils avaient presque atteint l'escalier quand les yeux de Xénia tombèrent sur une bannière brandie par deux femmes, sur laquelle on lisait :

PERSONNE NE S'OCCUPE DE NOUS!

Les femmes, mal vêtues, avaient un air misérable. Les enfants qui les entouraient étaient pieds nus; l'un d'eux s'appuyait sur des béquilles.

Sans rien dire au roi, elle s'écarta de lui, traversa la pelouse et se dirigea en quelques secondes vers les porteuses du calicot. Devant la foule muette de stupéfaction, elle s'arrêta et demanda :

– Pouvez-vous m'expliquer ce que signifie cette phrase? Pourquoi ne s'occupe-t-on pas de vous? (Le comte qui l'avait rejointe se tenait derrière elle.)

– Votre Altesse Royale..., commença-t-il.

D'un geste elle lui imposa silence.

– C'est au sujet des enfants, princesse, que nous nous faisons du mauvais sang, fit une des femmes d'une voix mal assurée.

– Pourquoi? questionna encore Xénia.

Celles qui tenaient la bannière avaient perdu contenance devant cette intervention. Une autre femme, plus âgée et manifestement plus hardie, prit la parole :

– Elles veulent dire, Votre Altesse Royale, qu'il n'y a pas d'hôpital convenable. Le local actuel est trop petit; il est situé en dehors de la ville, d'ailleurs; on nous a même dit que l'argent manquait pour l'entretenir. Le peu d'enfants qui y sont admis ne reçoivent que des soins insuffisants.

Le regard de Xénia se tourna de nouveau vers les femmes qui portaient la bannière.

– Est-ce vrai? demanda-t-elle.

La foule se pressait maintenant autour d'elle. Une douzaine de voix répondirent.

– Mon petit garçon attend ses lunettes depuis deux ans, dit l'une. Il ne voit plus clair maintenant.

La jeune fille comprit qu'un autre enfant avait besoin qu'on lui enlevât les amygdales, mais qu'on ne pouvait l'opérer nulle part. Une femme avait perdu deux enfants; une autre trois.

Voyant l'attention qu'elle leur portait, d'autres femmes vinrent de plus en plus nombreuses lui présenter leurs doléances.

– Votre Altesse Royale, le Premier ministre attend, insista le comte.

– Je vous remercie de m'avoir dit tout cela, dit Xénia aux femmes qui l'entouraient. Je vous promets que le roi et moi ferons tout ce qui est en notre pouvoir pour vous aider.

Elle voyait bien que ses interlocutrices semblaient peu convaincues de ses possibilités. Elle reçut tout de même un semblant d'ovation.

Suivie par le comte, elle retourna vers le souverain, qui les attendait, immobile, au pied de l'escalier.

Supposant qu'il était en colère, elle le regarda craintivement. Elle vit que, tout au contraire, il avait les yeux brillants.

– Excusez-moi si j'ai agi à la légère, murmura-t-elle en reprenant sa place près de lui.

– Votre démarche était originale, en tout cas, fit-il. Je suis curieux de savoir ce que Kalolyi en dira.

Ne pouvant se livrer à d'autres commentaires, ils gravirent l'escalier en haut duquel les attendait le Premier ministre.

Xénia, certaine qu'il avait assisté à la scène, s'imagina qu'il la considérait avec hostilité.

Il ne pouvait cependant rien faire pour le moment, car on devait procéder à d'innombrables présentations.

On conduisit le roi et la jeune fille dans une immense salle qui, d'après ce qu'avait raconté le comte, pendant le dîner, était le dernier vestige du vieux parlement construit au XVIe siècle.

Cette pièce était belle, avec ses grandes voûtes, mais on l'avait malheureusement flanquée d'une énorme annexe moderne, dont la construction récente avait dû coûter des sommes folles.

Les membres du Parlement se tenaient en face de l'estrade sur laquelle le roi et Xénia prirent place. Derrière eux se pressaient leurs femmes et leurs enfants, les secrétaires et les officiers, tous ceux enfin qui participaient à la vie du Parlement.

Les journalistes avaient pris place à une table près de l'estrade. Xénia se demandait si on leur avait fait la leçon et même si on leur avait déjà communiqué le compte rendu qui devait paraître dans les journaux du lendemain.

Quoique le Grand Chancelier et les autres dignitaires de l'Etat eussent grand air dans leurs robes, le Premier ministre les dominait tous.

Dans son discours de bienvenue, ce dernier se vanta d'avoir négocié le mariage qui allait avoir lieu et d'avoir décidé de la présentation de ce jour.

Plus que ce qu'il disait, son assurance et sa

confiance inébranlable en sa propre puissance éclipsaient tous les assistants.

Il en vint à parler du cadeau.

– Comme il nous restait trop peu de temps pour choisir un présent digne de Votre Majesté et de Votre Altesse Royale, nous avons décidé, dit-il, de vous remettre la somme que le Parlement s'apprêtait à dépenser en une si heureuse occasion.

Il s'interrompit et hocha la tête en direction du porte-parole de l'Assemblée. Celui-ci présenta une cassette ouvragée, sans doute très ancienne, et alla se placer devant le roi et Xénia.

Le Premier ministre reprit :

– Qu'il nous soit permis d'offrir cet argent comme un gage de notre respect et de notre fidélité. Nous croyons que Votre Majesté et Votre Altesse Royale l'emploieront à faire remettre en état la vaisselle d'or qui sert dans les occasions officielles; son aspect actuel n'illustre ni le prestige ni l'importance de notre chère patrie.

Le porte-parole mit un genou à terre et tendit la cassette au roi et à Xénia.

– Mettez votre main dessus, souffla aussitôt le comte à la jeune fille, en signe que vous acceptez et appréciez le don.

Xénia tendit docilement sa main gantée et la posa près de celle du roi.

– J'accepte ce présent et le considère tel qu'il nous a été présenté, dit ce dernier.

Le porte-parole se releva et s'éloigna. Le Premier ministre lui-même s'écarta. Xénia comprit alors que le roi allait parler.

– Puis-je dire quelque chose auparavant? demanda-t-elle.

Son intervention fit à peu près l'effet d'une bombe.

Le Premier ministre ne put s'empêcher d'esquisser une suite de gestes désordonnés, comme s'il allait se précipiter pour la bâillonner. Après une seconde d'hésitation le roi déclara :

– Ce jour est vraiment celui des surprises. Naturellement, si tel est votre désir...

Elle n'avait jamais parlé en public. Elle eut un moment l'impression qu'elle était devenue complètement aphone et que ses jambes se dérobaient sous elle.

Elle réfléchit ensuite que rien de ce qu'elle pouvait faire n'aurait pour elle de conséquence. Dans une semaine elle serait partie. Si elle devait être de quelque secours à la Luthénie, c'était maintenant ou jamais.

– Votre... Majesté... commença-t-elle.

Sa voix était faible et tremblait. La jeune fille se rendit compte que personne ne l'entendait. Elle regarda dans le fond de la salle pour que sa voix porte mieux et recommença :

– Votre Majesté, monsieur le Premier ministre et vous, messieurs les membres du Parlement, je n'ignore pas que les femmes n'ont pas l'habitude de prendre ainsi la parole. Peut-être est-ce pourquoi on les oublie si facilement.

Le rire léger qui parcourut l'assistance lui donna confiance.

– Je sais, poursuivit-elle, que Sa Majesté va vous remercier pour votre généreux cadeau de mariage. Acceptez, en outre, de ma part, l'expression de ma gratitude pour le chaleureux accueil que j'ai reçu dans votre beau pays. Permettez aussi que je vous expose comment je souhaite que soit employé votre présent. Quand justice sera faite – ce qu'elle sera bientôt – je voudrais y avoir été pour quelque chose...

On rit de nouveau. Elle continua :

– J'aimerais donc que votre argent soit employé à construire un hôpital pour les femmes et pour les enfants. J'ai cru comprendre que Molnar en avait grand besoin.

Il y eut un instant de stupeur. Puis, spontanément, les épouses des membres du Parlement et toutes les autres femmes éclatèrent en applaudissements.

Xénia leur sourit.

– Merci de m'avoir écoutée, dit-elle encore.

Elle sourit de nouveau, cette fois au roi, comme pour lui demander de l'excuser, et elle s'assit.

La salle resta silencieuse et Xénia jeta un regard inquiet vers le Premier ministre.

La fureur déformait les traits de ce dernier. Son cœur se serra lorsqu'elle comprit qu'elle lui avait lancé le gant et qu'entre elle et cet homme la guerre était déclarée.

Elle s'attendit à le voir prendre la parole, mais ce fut le roi, ignorant le Premier ministre, qui se leva et s'adressa directement à la salle.

– Ma mère, que vous avez tous beaucoup aimée, je crois, commença-t-il, me disait toujours que lorsque je serais marié je devrais prêter une oreille attentive aux conseils de ma femme. Si elle était encore parmi nous, elle me recommanderait non seulement d'écouter ma future épouse, mais d'obéir à une suggestion pleine de sagesse, suggestion qui, je n'en doute pas, reçoit aussi votre approbation et celle de toutes les femmes et de tous les enfants de Luthénie.

Il sourit et les traits de son visage commencèrent à se détendre.

– En tant qu'homme, reprit-il, je ne peux qu'approuver de tout mon cœur l'idée de consacrer cette somme importante à la construction d'un hôpital, lequel devra porter à mon avis le nom de votre future reine.

Les applaudissements retentirent. Xénia vit avec satisfaction les journalistes prendre précipitamment des notes.

Avant même la fin des applaudissements ils se ruèrent vers la sortie, comme s'ils allaient répandre eux-mêmes la nouvelle dans les rues.

Le Premier ministre était le seul à ne pas manifester son approbation. Les yeux rapetissés, les lèvres sévèrement pincées, il attendait.

Quand le roi et Xénia se dirigèrent vers la porte, il leur emboîta le pas. La jeune fille l'entendit chuchoter au souverain :

– On ne peut espérer un moment, Sire, que la somme en question suffise au projet grandiose que Son Altesse Royale a exposé.

Ils étaient sur le point de quitter la salle lorsque le roi se tourna vers lui.

– Dans ce cas, monsieur le Premier ministre, lui dit-il en détachant les mots, les plans des autres bâtiments prévus dans cette ville devront être revus; certains même pourraient être abandonnés.

Sans laisser à l'autre le loisir de répondre, le roi descendit aussitôt l'escalier en compagnie de Xénia.

Celle-ci fit de la main un signe à l'intention des porteuses du calicot quand ils passèrent à leur hauteur. Elle espéra que quelqu'un leur raconterait ce qui s'était passé au Parlement.

Il y eut soudain un mouvement de foule au moment où le jeune couple atteignait la voiture qui attendait.

Des hommes poussèrent en criant et en hurlant ceux qui étaient devant eux. Au premier rang, une femme qui portait un petit garçon fut précipitée à terre.

Elle ne fut pas blessée, mais l'enfant, qui ne devait pas avoir plus de quatre ans, heurta violemment une roue du véhicule et s'entailla la jambe.

Dès les premières huées, le comte s'efforça de faire monter Xénia dans la voiture.

Elle l'écarta vivement et s'agenouilla près du petit garçon. Celui-ci, dont le sang coulait sur sa jambe nue, s'était mis à hurler.

Elle le prit dans ses bras, tandis que les dignitaires de la suite relevaient la mère.

– Pardonnez-moi, on m'a poussée, s'excusa cette dernière. Ne vous dérangez pas pour moi.

– Laissez-moi vous débarrasser de cet enfant, Votre Altesse Royale, dit le comte.

– Où comptez-vous l'amener? demanda Xénia. Vous savez bien qu'il n'y a pas d'hôpital.

Le comte, ne sachant que faire, regarda la mère.

– Ne vous inquiétez pas, ce ne sera rien, assura celle-ci, qui était plus effrayée d'adresser la parole à un aussi haut personnage que par sa chute.

Xénia la regarda attentivement. Cette femme était manifestement très pauvre. Elle portait une jupe rapiécée et une blouse où l'on ne comptait plus les raccommodages. Elle était propre, pourtant, comme était bien tenu son petit garçon.

– Donnez-moi cet enfant, madame, insista le comte.

L'enfant pleurait toujours mais, trouvant sans doute un certain réconfort dans les bras de Xénia, il tourna la tête vers elle.

– Je crois que le mieux que nous puissions faire, dit la jeune fille, est d'emmener avec nous le petit blessé et sa maman. Au palais, l'enfant sera convenablement pansé. Nous les ferons ensuite reconduire chez eux.

Elle regarda le roi, craignant de le voir refuser, mais l'étincelle qu'elle vit dans ses yeux la rassura.

– Naturellement! fit-il. Nous pourrons certainement, en nous serrant, faire de la place à deux autres passagers.

Le comte eut l'air de croire que son souverain avait perdu la raison.

– Oui, Sire, parvint-il à prononcer après un instant de stupeur.

Xénia et le roi montèrent en voiture.

La jeune fille tenait toujours le petit garçon dans ses bras. Le sang de la blessure coulait maintenant sur sa robe; le roi enleva ses gants et sortit un mouchoir qu'il appliqua fort proprement sur la jambe de l'enfant.

La mère, éberluée, rendue muette par ce qui lui arrivait, était assise en face du couple princier. Mme Gyula, serrée bien malgré elle contre le comte, aurait protesté de l'indignité qui lui était faite si la présence du roi ne l'avait ramenée à la raison.

On partit.

Les cris et les huées avaient cessé depuis l'accident. Les vivats accompagnaient seuls maintenant la course de la voiture.

Sur l'esplanade, les gens regardaient avec curiosité leur future reine tenant un enfant dans ses bras; la femme en haillons en face d'elle leur apparaissait plus surprenante encore.

Xénia devinait qu'ils se demandaient les uns aux autres ce qui était arrivé et ce que pouvaient faire dans la voiture royale ces deux étranges personnages.

Lors de l'arrivée du cortège au palais, il semblait que le public fût enfin au courant des événements, sinon de l'accident, du moins de ce qui avait été dit au Parlement.

On ne pouvait plus alors douter de la sincérité des vivats qui s'élevaient du public contenu par les grilles aux fers de lance dorés.

Xénia qui ne pouvait pas faire le moindre geste à cause de l'enfant qu'elle tenait toujours dans ses bras souriait et inclinait la tête. Le roi, lui, saluait de la manière qu'il aurait dû employer la veille, lors de son arrivée à Molnar.

La jeune fille ne rendit le petit garçon à sa mère que lorsque le carrosse s'arrêta devant l'escalier du palais. Elle dit au comte :

– Il faudrait les emmener chez l'intendant, où l'on pourrait faire le pansement. Qu'on leur donne ensuite un bon repas.

– Je vais m'en occuper, madame, répondit le comte.

En montant l'escalier avec le roi, Xénia considéra avec regret les taches de sang sur sa robe jaune.

Le roi dut avoir la même pensée, car il déclara :

– Je vous en achèterai une autre. Quant à celle-là, nous devrions la mettre en vitrine avec un écriteau portant : « Premier coup tiré contre Kalolyi. »

– Le Premier ministre était très en colère, dit Xénia.

– Il ne peut rien faire, fit calmement le roi. Les nouvelles auront fait le tour de Molnar aujourd'hui et celui de toute la Luthénie demain.

Quand la jeune fille voulut monter chez elle pour se changer, il lui prit le bras et la conduisit dans un petit salon dont il referma soigneusement la porte derrière eux.

Elle posa sur lui un regard interrogateur.

– Je suppose, lui dit-il, que vous êtes consciente de ce que vous venez de déclencher. Mais je ne suis malheureusement pas sûr du résultat.

Il avait parlé d'un ton grave, mais elle découvrit dans ses yeux une expression amusée qu'elle ne connaissait pas.

Elle ne répondit pas et il reprit, après l'avoir longuement observée :

– Que vous est-il arrivé pour avoir tellement changé? Qu'est-ce qui vous a rendue si différente de ce que vous étiez il y a trois mois?

– Peut-être ai-je vieilli. Peut-être... suis-je devenue plus sage, fit-elle légèrement.

– Je ne comprends pas, murmura le roi, comme s'il se parlait à lui-même.

– Ne vous inquiétez pas à mon sujet. C'est de vous qu'il est question.

Elle poussa un petit soupir et ajouta :

– J'avais si peur de vous mettre en colère.

– Vous... peur? s'étonna-t-il.

– J'ai quand même défié le Premier ministre publiquement, et je crois que le seul moyen de le battre est de soulever l'opinion contre lui.

– Vous avez conscience, je pense, qu'il ne vous pardonnera jamais.

– Cela n'a pas d'importance. C'est vous qui comptez pour le moment.

Le roi s'écarta d'elle et alla vers une des fenêtres qui donnaient sur le jardin.

– Supposez que je vous laisse tomber maintenant... que je ne vous suive plus? demanda-t-il. Ce que vous avez fait était très courageux. Toute la question est de savoir si je peux continuer dans cette voie.

– Naturellement, vous le pouvez! s'exclama Xénia. Vous n'avez qu'à convaincre la population que c'est à cause du Premier ministre qu'elle souffre, et non à cause de vous.

– Il a maintes fois insisté par le passé sur le fait que je suis le seul responsable de tous les décrets et de tous les impôts.

– Eh bien, vous devez mettre un terme à ces manœuvres.

– Comment? Comment? Ce n'est pas facile.

– Nous avons eu de la chance jusque-là, dit Xénia. Si je n'avais pas parlé à ces femmes au calicot, si elles ne s'étaient pas trouvées là, je n'aurais pas su la vérité au sujet de l'hôpital.

– Je ne la soupçonnais pas non plus.

– Le Premier ministre persistera à soutenir qu'il y a déjà un hôpital. Cependant, le seul local qui y ressemble est situé en dehors de la ville; il ne répond plus, du reste, aux besoins de la population. Je comprends que les femmes détestent qu'on envoie leurs enfants si loin de Molnar. De plus, comment trouveraient-elles le temps d'aller faire des visites à leur malade?

– Vous avez raison. Naturellement, vous avez raison! fit le roi. Mais je doute que Kalolyi laisse échapper cet argent dont il avait déjà choisi la destination.

– Il vous faudra donc trouver ailleurs les fonds nécessaires. Demandez leur contribution aux grands propriétaires. S'ils font la sourde oreille, menacez de vendre les bijoux de la Couronne!

Elle avait parlé avec un tel sérieux que le roi renversa la tête en arrière et se mit à rire de bon cœur.

– Vous êtes magnifique! s'exclama-t-il. A vous entendre, on croirait que c'en est déjà fait de Kalolyi et de ses projets.

– Ce n'est qu'un parvenu ambitieux, répliqua

Xénia. Il n'a pu se hisser au pouvoir que parce que vous l'avez laissé faire.

– Je savais bien que tôt ou tard vous me rendriez responsable.

– Naturellement! lança-t-elle. Ce n'est ni la santé ni l'intelligence qui vous manquent. Qu'attendez-vous pour vous en servir?

Elle avait de nouveau parlé sans réfléchir. Le rire du roi prit une telle ampleur qu'il fut obligé de s'asseoir.

– Vous êtes incorrigible! s'écria-t-il. Comment n'ai-je pas découvert plus tôt votre véritable nature? Avec vous à mes côtés, je pourrais régner non seulement sur la Luthénie, mais sur la moitié de l'Europe.

– Pourquoi pas? fit Xénia. Comprenez-vous l'importance du rôle que vous avez à jouer en ce moment?

– L'importance de mon rôle?

– Mr Donington m'a dit que la Grande-Bretagne vous appuierait dans tous les domaines.

– Qui est Mr Donington?

– Il fait partie du British Foreign Office. Il m'a accompagnée jusqu'à Vienne.

– Pourquoi vous a-t-il dit cela? L'aviez-vous questionné?

– Bien sûr! repartit Xénia. Je voulais savoir pourquoi l'on me faisait venir ici avec une telle hâte. Il m'a expliqué que la Grande-Bretagne se rendait compte des difficultés actuelles de la Luthénie, et que le maintien de votre trône représente une importance capitale dans l'équilibre des forces.

– Pourquoi personne ne m'en a-t-il jamais parlé? demanda le roi avec irritation.

– Je suppose que vous faisiez peur aux gens et qu'ils pensaient que vous ne les écouteriez jamais.

– C'est bien possible, convint-il. L'ambassadeur britannique à Molnar est un raseur. Je ne me souciais pas d'avoir un entretien avec lui. Mais il est également probable que Kalolyi s'est arrangé pour que je n'aie aucune chance de rencontrer en particulier un seul des représentants étrangers.

– Il faut donc les convoquer, l'un après l'autre, au palais, suggéra Xénia.

Le roi se leva.

– Je le ferai aussitôt après notre mariage. J'imagine que d'ici là vous m'aurez donné un tas d'autres conseils; ce mot est un peu faible, disons plutôt d'instructions que je devrai suivre à la lettre.

Xénia ne répondit pas.

Elle pensa au peu de jours qu'il lui restait à passer avec lui et ressentit une douleur violente.

Après le déjeuner qu'elle prit en compagnie des parents du roi, de Mme Gyula et du comte, Xénia se souvint que le Premier ministre avait annoncé une conférence de presse.

Elle était sur le point d'en demander l'heure exacte au comte quand un aide de camp se présenta.

– Je me permets, dit-il, d'annoncer à Votre Majesté que les représentants de la presse sont arrivés. Cependant le Premier ministre vient d'envoyer un messager pour dissuader Votre Majesté et Son Altesse Royale de les recevoir étant donné la conjoncture actuelle.

– En a-t-il donné la raison? demanda Xénia.

– J'ai cru comprendre, Votre Altesse Royale, que le Premier ministre craignait que certaines questions posées par ces messieurs ne soient mal venues ou embarrassantes.

Xénia se tourna vers le roi.

– Puis-je répondre? demanda-t-elle.

– Bien sûr, répondit-il. Si mes souvenirs sont exacts, le Premier ministre n'a-t-il pas prétendu que ces gens chercheraient à se renseigner sur votre intimité, qu'ils vous interrogeraient sur votre trousseau?

– Je vous prie d'informer le messager, dit-elle à l'aide de camp, que je suis prête à répondre à toutes les questions des représentants de la presse. Je suis certaine que Sa Majesté se joindra à moi lorsqu'ils l'interrogeront.

L'aide de camp salua et se dirigea vers la porte. Au moment où il allait sortir, Xénia le rappela.

– Y a-t-il parmi ces messieurs un reporter de *La Voix du Peuple*? demanda-t-elle.

L'aide de camp répéta comme s'il ne comprenait pas :

– *La... La Voix du Peuple?*

– Ce journal est hostile au gouvernement, intervint le comte.

Xénia se tourna à nouveau vers le roi qui eut l'air de comprendre où elle voulait en venir.

– J'ai pensé que pour une occasion aussi solennelle qu'un mariage royal, répliqua-t-il, tous les journaux devraient être représentés à la conférence.

– Le croyez-vous vraiment, Sire? demanda le comte. *La Voix du Peuple* attaque violemment la monarchie depuis quelque temps.

– Ce que ce journal inventerait serait beaucoup plus dangereux que ce que nous pourrions lui confier, répondit le roi.

– Je vais donc envoyer chercher son représentant, dit le comte. Je prierai les autres journalistes de patienter jusqu'à ce qu'il arrive.

– Pourquoi tant d'histoires? s'étonna la duchesse douairière de Mildenburg qui avait écouté la conversation. De mon temps, les reporters étaient traités comme quantité négligeable. On m'a raconté qu'aujourd'hui la reine Victoria elle-même les ménage.

– Il faut vivre avec son temps, tante Elizabeth, lui dit le roi. Plus le peuple sera informé, mieux il choisira ses représentants au Parlement.

– Sans doute avez-vous raison, très cher Istvan, soupira la duchesse. Il me semble pourtant que cette chère Johanna et vous-même prenez une initiative vraiment révolutionnaire en recevant ces gens-là.

– Ils ne sont jamais faits que de chair et de sang, observa le roi en souriant.

– Votre grand-père n'aurait pas été de cet avis.

Le roi se mit à rire.

– Johanna est convaincue qu'ils peuvent être plus utiles qu'un régiment, et elle n'a peut-être pas tout à fait tort.

Il se tourna vers Xénia et lui demanda en souriant :

– Nous avons un petit moment devant nous. A quoi voulez-vous le consacrer?

– A visiter le palais, fit vivement Xénia. A voir les tableaux.

– Venez donc, dit-il. Il faudra près d'une heure avant de trouver votre reporter anarchiste; profitons donc de ce répit.

Il lui prit la main et la guida comme un enfant à travers les salles du palais.

C'était encore plus fascinant qu'elle ne s'y était attendue. Elle découvrit que le roi connaissait ses biens en détail et plus particulièrement ses peintures.

– Je n'avais jamais rêvé de voir quelque chose d'aussi beau! s'exclama-t-elle enthousiasmée devant plusieurs Canaletto.

– Un jour je vous amènerai à Venise, dit le roi. A condition, bien entendu, que vous n'ayez pas dépensé tout notre argent en bonnes œuvres.

Ces mots donnèrent à Xénia une idée.

– Etes-vous riche? demanda-t-elle.

– Cela dépend de ce que vous voulez acheter.

– Je pensais, dit-elle, que si nous fondions une caisse pour aider les pauvres de la ville, pour contribuer à la construction de l'hôpital et pour subvenir aux besoins les plus urgents, nous encouragerions les autres à donner, surtout si nous l'appelons par exemple « La Caisse Royale ».

– C'est une idée, convint le roi.

– Si vous n'en avez pas les moyens pour le moment, je suppose qu'on pourrait obtenir un très bon prix, à Paris ou à Londres, de tableaux comme ceux-ci.

– Si vous vous proposez d'organiser la vente du palais, je ne vous écoute plus, répliqua fermement le roi.

– Deux éventualités s'offrent à vous : perdre quelques tableaux ou fuir votre palais. A vous de choisir! lança Xénia qui, comme à son habitude, n'avait pas pesé ses paroles.

Il y eut un silence, puis elle se reprit vivement :

– Excusez-moi. Je n'aurais pas dû vous parler ainsi, mais il y a tant à faire et nous avons si peu de temps.

– Croyez-vous vraiment que les révolutionnaires soient à la porte? demanda le roi.

Elle ne pouvait évidemment pas lui dire que tout n'était pour elle qu'une question de temps, et que chaque minute la rapprochait du train qui la ramènerait en Angleterre.

– S'il est tellement urgent de nous marier, essaya-t-elle d'expliquer, c'est qu'il faut agir tout de suite pour empêcher la révolution.

– Vous avez peut-être raison, admit-il. Mais il m'est difficile d'imaginer que je puisse être chassé de mon palais séance tenante.

– Soyons justes. Le Premier ministre fera certainement tout ce qui est en son pouvoir pour écarter cette éventualité. Mais n'oubliez pas qu'il agira uniquement comme il l'entend, répondit Xénia.

– Le diable l'emporte! s'écria le roi. S'il n'avait pas agi comme un dictateur sans pitié, ce mécontentement n'aurait jamais eu lieu d'exister.

– Oui, mais en tout cas c'est désormais une réalité que nous ne pouvons plus ignorer, répliqua Xénia.

Ils venaient de pénétrer dans une galerie de tableaux lorsque le comte s'approcha d'eux.

– Le rédacteur en chef de *La Voix du Peuple* est venu en personne, Madame, dit-il à Xénia. A en juger par l'expression de son visage, je crois qu'il faut vous attendre à un torrent de questions.

– Je n'ai pas peur, répondit-elle.

Comme tout à l'heure, elle mit sa main dans celle du roi.

– Venez m'aider, dit-elle. J'ai l'impression que personne ne fera allusion à mon trousseau, ni ne me demandera quel est mon pudding préféré. Il sera question de politique... rien que de politique!

– Je suis sûr que ces messieurs se montreront coriaces, déclara le roi d'un air préoccupé.

5

Galopant à côté du roi, Xénia n'avait jamais été si heureuse.

Pour la première fois elle montait un cheval digne de ceux que sa mère lui avait si souvent décrits, un pur-sang à la fois nerveux et sensible à la moindre sollicitation.

La neige des sommets brillait dans un ciel bleu et clair. L'herbe de la steppe était entremêlée de mille fleurs sauvages.

« Aucun artiste, pensait la jeune fille, n'aurait pu rendre cette beauté, cette harmonie. »

A vrai dire, la joie d'être seule avec le roi était elle-même indescriptible.

Ils avaient bien une escorte, mais les quatre cavaliers qui la composaient se tenaient à distance et il était aisé de les oublier.

Ces derniers jours, il avait été presque impossible à Xénia de rencontrer le souverain en tête à tête. Ils avaient eu l'un et l'autre trop à faire.

Ils avaient par exemple rendu visite au petit garçon accidenté, ce qui avait permis au roi de s'aventurer pour la première fois dans une partie de la ville qu'il ne connaissait pas.

Elle s'était bien rendu compte qu'il avait été choqué et effrayé par le spectacle des rues étroites et sales que cachaient les constructions imposantes commandées par le Premier ministre.

Certaines maisons paraissaient sur le point de s'écrouler. Les rigoles charriaient des ordures. Après avoir questionné plusieurs personnes, ils découvrirent que le nombre des fontaines était insuffisant et que les habitants manquaient d'eau.

La mère de leur petit protégé vivait dans une seule pièce. L'immeuble était en ruine; ses autres occupants, une trentaine environ, toujours au bord de la famine, subsistaient comme ils pouvaient.

Le couple royal avait apporté des cadeaux et de l'argent. Pendant le trajet du retour au palais, Xénia avait constaté sur le visage du roi une expression décidée qu'elle ne lui connaissait pas.

La veille, il avait annoncé à la presse son intention de créer une « Caisse Royale » dont les fonds serviraient à lutter contre la misère et à améliorer les conditions de l'habitat.

Le visage des journalistes suspendus aux lèvres du roi avait amusé Xénia.

– Ils ouvraient des yeux grands comme des soucoupes! Je voyais bien qu'ils n'en revenaient pas.

– Dommage qu'ils ne se soient pas contentés de s'intéresser à votre trousseau! avait plaisanté le roi.

Comme c'était à prévoir, le rédacteur de *La Voix du Peuple* avait bombardé la fiancée royale de questions dans lesquelles les problèmes dits féminins étaient absents.

Les journaux, même ceux qui étaient à la botte du Gouvernement, portaient de gros titres qui, comme le devina Xénia, ne pouvaient que mettre le Premier ministre en fureur.

UNE PRINCESSE CHARITABLE, avaient-ils proclamé en lettres énormes, en faisant allusion à l'épisode du petit garçon.

LE ROI A L'INTENTION DE PROMOUVOIR LE CHANGEMENT! avaient-ils titré le lendemain.

Xénia brûlait d'impatience de se retrouver enfin seule avec le roi pour pouvoir parler de ces événements.

Mais les parents qui vivaient dans les environs

avaient envahi le palais pour assister au mariage, sans compter les réponses des souverains des Etats voisins qui affluaient chaque jour.

Tout le monde espérait loger au palais. Aussi y avait-il un remue-ménage continuel. Il fallait faire de la place aux hôtes de marque.

Le Premier ministre, qui s'était juré de mettre un terme aux visites impromptues de Xénia et du roi dans les quartiers pauvres, avait organisé des visites à l'intérieur du pays pour les éloigner de la capitale.

Cela signifiait qu'on partait tôt le matin dans le train royal, qu'on était acclamé par la foule à l'arrivée, qu'on passait en revue la garde d'honneur et qu'on participait à un très long déjeuner, ponctué de discours non moins interminables.

Il n'avait naturellement pas été possible de décommander ces visites, comme le roi l'eût voulu. Le maire et les corps constitués, prévenus par le Premier ministre, attendaient déjà le couple royal. Xénia avait d'ailleurs découvert que ces corvées pouvaient produire un heureux effet : les vivats, de commande à l'arrivée, prenaient de la chaleur et de la sincérité au moment du départ.

Ils étaient maintenant à l'avant-veille du mariage et Xénia, qui s'attendait à voir arriver Johanna d'un moment à l'autre, avait harcelé le comte Gaspar pour qu'il change leur programme et leur accorde au moins quelques heures de détente. Ils mouraient d'envie par exemple de faire une promenade à cheval.

– Vous aurez tout le temps pour cela pendant votre lune de miel, madame, avait observé le comte Gaspar.

– J'ai besoin de faire de l'exercice, avait répliqué Xénia.

– Vous êtes infatigable, madame. Le surmenage de ces derniers jours aurait épuisé beaucoup de femmes moins frêles et délicates que vous, lui répondit le comte en riant.

Xénia ne dit rien. Malgré la lassitude qui l'envahissait parfois, elle était contente de son sort, et espérait conserver sa vitalité jusqu'au bout.

Chaque moment passé à Molnar l'emplissait de bonheur. Elle avait enfin l'occasion de découvrir par elle-même ce qu'elle n'avait vécu que par les souvenirs de sa mère.

Pourtant, la bataille que menait Xénia aux côtés du roi ajoutait une note exaltante à son aventure. La lutte qu'ils menaient l'un et l'autre les rendait secrètement proches.

Lorsqu'il entendit parler de cette promenade à cheval, le roi dit au comte :

– Puisque nous faisons l'école buissonnière, j'ai l'intention d'amener Son Altesse Royale voir les Cascades Sacrées.

– Les Cascades Sacrées! C'est la première fois que j'en entends parler! s'exclama Xénia.

– Elles font partie de la mythologie populaire. Jadis, les gens croyaient y lire des présages.

– Comme c'est intéressant!

– Elles ne sont peut-être pas sacrées mais elles sont extrêmement belles, avait ajouté le roi.

– J'ai hâte de les voir.

Xénia, qui avait trouvé dans les affaires de Johanna plusieurs tenues de cheval charmantes et bien coupées, en choisit une qui lui paraissait convenir le mieux à l'occasion.

C'était une amazone en piqué blanc, comme en portaient toutes les cavalières élégantes du Bois de Boulogne.

Margit l'aida à trouver des bottines de cuir vert et

des gants assortis à la tresse vert émeraude qui garnissait le vêtement.

Son petit chapeau était orné d'un voile également vert. Le roi ne manqua pas de comparer l'éclat de ses yeux à celui d'une pierre précieuse lorsqu'ils sortirent du palais.

Lorsqu'ils ramenèrent leurs chevaux au pas, Xénia regarda le roi.

– Je ne me rends compte que maintenant combien la contrainte et la tension de ces derniers jours m'ont éprouvée, dit-elle.

– Nous avons laissé derrière nous nos dragons, c'est-à-dire nos soucis, répondit le roi. L'air nous semble plus léger.

– Ne serait-ce pas merveilleux de chevaucher jusqu'à l'horizon et de n'avoir jamais à revenir? demanda Xénia en admirant les montagnes.

– Ne craignez-vous pas de vous lasser bientôt de ce jeu? dit le roi d'un air moqueur.

– Je pourrais vous poser la même question, répliqua Xénia.

Elle remarqua que le cynisme et l'expression indifférente et ennuyée qu'elle avait vus sur son visage lors de son arrivée avaient presque disparu.

Il semblait plus vivant. D'ailleurs, depuis leur offensive contre le Premier ministre, il avait l'air d'un homme bien décidé à gagner la bataille dans laquelle il était engagé.

– J'ai un château dans ces montagnes, confia-t-il soudain. Je vous en aurais bien parlé plutôt, mais je ne savais pas que vous aimiez les plaisirs simples.

– J'aimerais tellement séjourner là-haut, répondit Xénia, tout en sachant qu'elle ne visiterait jamais ce château et qu'elle ne verrait que de loin ces montagnes.

« Pour moi, elles seront toujours hors d'atteinte », pensa-t-elle en croyant entendre le douzième coup de minuit qui briserait l'enchantement, à l'arrivée de Johanna.

« Elle sera là demain », se disait-elle encore.

Elle éprouvait une douleur presque physique à l'idée de quitter la Luthénie. De peur que le roi ne lise dans ses pensées, elle éperonna sa monture.

Le visage offert à l'air frais et doux, grisés par la vitesse, ils se laissèrent tous deux emporter par le galop infatigable de leurs chevaux hongrois.

Ils chevauchaient depuis deux heures quand le roi dit :

– Nous approchons des Cascades. Il faut permettre à notre escorte de nous rattraper; nous lui confierons nos bêtes.

Xénia tira sur la bride.

– Vous montez à la perfection! s'exclama-t-elle. J'en étais sûre, d'ailleurs.

– Je peux vous retourner le compliment. Je ne savais pas que vous étiez une cavalière accomplie, répondit le roi.

– Je n'avais pas pratiqué ce sport depuis longtemps, fit-elle.

Elle comprit qu'elle avait parlé sans réfléchir et se reprit :

– Du moins, il me semble que cela fait longtemps. L'équitation me manque très vite.

– Quand nous serons mariés, nous ferons une promenade tous les jours, dit-il. J'ai d'excellents chevaux au palais d'été. Je vous les montrerai.

– Je serai ravie de les voir, répondit Xénia.

Elle avait essayé d'empêcher sa voix de trahir son désespoir à la pensée que cela aussi lui serait interdit.

Le roi rapprocha son cheval du sien et d'une voix qu'elle ne lui connaissait pas, murmura :

– Vous êtes chaque jour plus belle, depuis votre arrivée à Molnar. Votre beauté m'avait déjà frappé, il y a trois mois, lors de mon séjour en Slovie où je vous ai découverte sortant de l'enfance, mais aujourd'hui, vous êtes différente.

– En quoi suis-je différente?

Elle savait bien qu'elle n'aurait pas dû poser cette question car elle ne voulait pas qu'il lui parle d'elle, mais elle n'avait pas pu contenir sa curiosité.

Le roi fixait son visage comme s'il cherchait à traduire exactement ce qu'il pensait.

– Il y a en vous quelque chose de très jeune, dit-il lentement. Pourtant, en bien des domaines, vous montrez beaucoup de maturité. Je suis surpris par votre intelligence, vos connaissances, votre aptitude aux responsabilités.

Lorsqu'il lui fit ce compliment une étrange sensation monta en elle et s'empara bientôt de tout son être.

– Vous... me flattez! fit-elle timidement.

Le roi poursuivit comme s'il ne l'avait pas entendue :

– Vous êtes en même temps si jolie qu'il m'est difficile d'attendre après-demain pour vous avouer tout ce que vous représentez pour moi.

Xénia retint sa respiration. Elle leva les yeux vers lui et fut ensuite incapable de détourner son regard.

– Je voudrais vous embrasser, reprit-il à voix très basse. De toute ma vie je n'ai jamais rien autant souhaité!

La passion que traduisaient ces mots bouleversa le cœur de Xénia.

Elle posa sur lui un regard désespéré, lorsqu'elle entendit leurs gardes du corps approcher.

Ils chevauchèrent derrière le roi le long d'une route à flanc de montagne.

– Il va nous falloir marcher maintenant, dit-il à Xénia, en arrêtant son cheval.

Les soldats s'avancèrent pour prendre les chevaux, et avant que Xénia fasse un mouvement pour se laisser glisser à terre, le roi la souleva de selle.

Lorsque la jeune fille sentit ses mains enlacer sa taille et son corps si près du sien, l'étrange sensation de tout à l'heure l'envahit tout entière et la parcourut comme une onde.

Puis il s'écarta et s'engagea dans un sentier de chèvres qui serpentait entre les arbres.

Ils marchaient depuis un moment l'un derrière l'autre, lorsque Xénia distingua enfin le bruit d'une chute d'eau. Ils débouchèrent d'une futaie, et se trouvèrent nez à nez avec les Cascades Sacrées.

Les eaux se précipitaient du haut de la montagne et tombaient une centaine de pieds plus bas, dans une vallée étroite où leur courant se régularisait entre deux falaises.

Les rochers qui encadraient la chute étaient couverts de fleurs sauvages. L'eau, quand elle perdait son écume et ses reflets d'argent, réfléchissait les rayons du soleil et le ciel bleu et pur. Xénia retint son souffle devant une telle beauté.

– Voulez-vous aller sous l'eau? lui demanda le roi.

– Sous l'eau? demanda-t-elle sans comprendre.

– C'est là que les prêtres allaient autrefois consulter l'oracle, expliqua-t-il. En été, quand les Cascades avaient un cours paisible et régulier, ils s'imaginaient que les divinités des montagnes leur étaient favorables. Par contre, en hiver, quand les eaux jaillissaient en torrent des neiges, ils croyaient que les dieux étaient en colère.

– Je comprends qu'ils leur aient attribué de tels pouvoirs, dit Xénia. Je n'ai jamais rien vu de si beau.

– Allons recueillir les présages, proposa-t-il. Nous chercherons à savoir s'ils nous promettent le succès. Peut-être obtiendrons-nous une bonne réponse.

– Je l'espère... je le souhaite, répondit la jeune fille le plus sérieusement du monde.

Elle sentait qu'il la regardait. Par timidité, elle n'osa lever les yeux vers lui.

En fait, elle était encore troublée par ce qu'il avait murmuré quand ils attendaient les soldats.

– Suivez-moi, dit-il.

Ils descendirent entre les rochers jusqu'à la chute.

Quand ils furent tout près d'elle, Xénia vit qu'un sentier gardé au sec par une avancée de la roche permettait de passer sous la cascade.

– Prenez garde. Le terrain est glissant, prévint le roi. Je ne veux pas que vous disparaissiez dans le courant. On m'a dit que les corps sacrifiés par les prêtres ne revenaient jamais à la surface; cela signifiait que les dieux les acceptaient.

– Les corps? questionna Xénia.

Le roi sourit.

– On pratiquait alors beaucoup de sacrifices religieux, et j'imagine que les victimes étaient le plus souvent de pures jeunes filles.

– J'aime mieux n'y pas penser.

– Donnez-moi donc votre main et avancez prudemment, reprit le roi.

Xénia mit docilement sa main dans la sienne. Ils avaient tous deux enlevé leurs gants, et le contact de ses doigts provoqua en elle un long frémissement.

« C'est l'amour! » pensa-t-elle.

Elle venait de découvrir, à la fois ravie et consternée, qu'elle aimait le roi!

En fait, elle l'aimait déjà depuis longtemps, mais elle s'était refusé à l'admettre.

A présent, elle ne pouvait plus ignorer ses sentiments. Elle lui serra instinctivement la main.

– Tout va bien, dit le roi, comme pour la rassurer. Nous avons passé l'endroit dangereux.

En effet, seul le début du passage était étroit et glissant. Ils pénétrèrent ensuite dans une grotte où tout était parfaitement sec, à l'exception des parois.

L'eau tombait comme un voile d'argent. En été, son bruit était adouci, presque musical; ce n'était plus le torrent au rugissement assourdissant de l'hiver.

Fascinée par les scintillements multicolores des gouttelettes qui dansaient sous les rayons du soleil, Xénia se crut un instant transportée dans la caverne d'Aladin pleine de bijoux étincelants.

Le roi, qui la tenait toujours par la main, la fit avancer de quelques pas dans la grotte.

– J'ai quelque chose à vous apprendre, dit-il. Je n'en ai pas eu l'occasion ce matin.

– De quoi s'agit-il?

– Vous rappelez-vous m'avoir raconté que la population dénonce les taxes qui frappent la bière luthénienne, et qui la rendent plus chère que celle importée d'Autriche?

Xénia tenait cela de Margit. Elle l'avait répété au roi, lui conseillant de diminuer le montant des droits afin que les brasseurs locaux puissent travailler de nouveau.

– J'y ai bien réfléchi, poursuivit-il. Cette situation m'a paru si étrange que j'ai fait examiner par une personne de confiance les importations en provenance d'Autriche.

– Qu'avez-vous découvert?

– Eh bien, tout simplement que Kalolyi possède une partie des brasseries autrichiennes qui approvisionnent en bière la Luthénie!

Xénia le regarda avec gravité.

– Propriétaire? Quelle honte! Il s'assure donc des bénéfices en taxant ses compatriotes.

– Exactement! fit le roi. Et je le soupçonne également de voler les Luthéniens dans d'autres domaines.

Xénia s'exclama joyeusement :

– Vous allez donc pouvoir vous débarrasser de lui!

– Pas si facilement! dit quelqu'un.

La jeune fille et le roi sursautèrent.

Le Premier ministre surgit dans la grotte, un revolver à la main.

– Que faites-vous, ici? demanda le roi.

– J'ai trouvé que cette promenade vous faisait entrer merveilleusement dans mon jeu, répliqua le Premier ministre.

– Que voulez-vous dire?

– Puisque vous faites surveiller mes activités, vous conviendrez, Votre Majesté, que l'un de nous deux est de trop.

Le ton du Premier ministre serra le cœur de Xénia. Le projet sinistre qu'il révélait se dressa devant elle comme un serpent venimeux.

Le roi lâcha la main de la jeune fille.

– Dois-je comprendre que vous me menacez, Kalolyi? demanda-t-il calmement.

– Il ne s'agit pas d'une menace, Votre Majesté,

riposta l'autre. Je vous informe simplement que ni vous ni Son Altesse Royale ne reviendrez de votre excursion aux Cascades Sacrées!

Il prononça ces paroles avec une telle haine que Xénia s'exclama machinalement :

– Non... non!

– Il vous suffit simplement de faire deux pas en avant, poursuivit le Premier ministre; de toute façon, le bruit de l'eau couvrira les détonations. Vous voyez, j'ai tout prévu.

– Effectivement, répondit le roi, avec autant de calme que précédemment

Xénia constata avec fierté qu'il ne craignait pas son adversaire. Il avait au contraire une attitude presque désinvolte, une main dans une poche, l'autre souple et détendue à son côté.

Elle n'ignorait pourtant pas que tous deux couraient un danger mortel. La seule chose qui lui restait à espérer était de mourir dans la dignité.

– Votre Majesté n'est quand même pas sans savoir que je suis un homme de ressources, reprit le Premier ministre. J'ai fait en sorte que si Votre Majesté était victime d'un regrettable accident ou si elle se trouvait dans l'impossibilité de gouverner... j'ai fait en sorte, dis-je, que la Luthénie devienne alors partie intégrante de l'Empire autrichien, tout en restant sous mon administration.

– Vous êtes donc aussi un traître! s'exclama le roi.

– Soyons sérieux, dit le Premier ministre. Si vous n'étiez pas intervenu de cette manière intempestive, je n'aurais eu aucune raison de recourir à des solutions si radicales.

Après une pause, il s'adressa à Xénia.

– En l'occurrence, la personne la plus blâmable est peut-être Son Altesse Royale. Les femmes sont cause de bien des ennuis. Celle-ci ne fait pas exception.

– Laissez Son Altesse Royale en dehors de tout cela, dit le roi. Je vous propose un marché : ma vie contre la sienne.

Le Premier ministre sourit méchamment.

– Me croyez-vous assez bête pour laisser en vie un témoin?

Le roi ne répondit pas, et il continua :

– Ne perdons pas de temps. Je dois retourner à Molnar pour y attendre votre escorte. Elle annoncera que vous avez disparu sans laisser de trace et qu'à son avis les dieux des Cascades Sacrées ont accepté votre sacrifice royal pour le salut de la Luthénie.

Xénia comprit qu'il se délectait de les faire souffrir.

– Je suggère, ajouta-t-il sur le même ton, que Votre Altesse Royale jouisse du privilège de son sexe et qu'elle passe la première.

Xénia le regarda sans mot dire. Elle ne pouvait d'ailleurs pas prononcer une parole, tellement sa gorge était serrée.

– Rien que deux petits pas en avant, fit le Premier ministre. Je vous promets que, le premier moment de terreur passé, vous ne souffrirez plus. Personne n'est encore jamais revenu de l'au-delà pour raconter ce qui s'y passe.

Xénia eut l'impression d'être changée en statue.

Le pistolet du Premier ministre était toujours dirigé vers le roi.

Elle ne doutait plus maintenant de ses intentions. Il jetterait leurs corps dans le précipice et retournerait à Molnar.

Personne ne le soupçonnerait. Personne ne saurait jamais ce qui s'était passé.

L'affaire était brillamment combinée. Ils étaient tous deux tombés dans son piège, sans avoir deviné que cet homme ne reculerait devant aucun moyen de parvenir à ses fins impunément.

Elle allait cependant mourir dans les bras du roi, et c'était là son seul réconfort.

– Avancez donc la première, Votre Altesse Royale! commanda le Premier ministre.

Xénia qui était incapable du moindre mouvement eut la sensation d'être clouée au sol. Elle lança un regard éperdu vers le roi, lorsqu'une pluie de pièces d'or étincelantes tomba sur le sol. Xénia et le Premier ministre baissèrent les yeux pour voir ce qui se passait.

Profitant de cette seconde d'inattention, le roi se jeta sur son adversaire et lui saisit le bras.

Une détonation retentit dans la grotte, puis les deux hommes se livrèrent à un combat désespéré.

Ils s'étreignaient corps à corps quand soudain Xénia entrevit la silhouette du Premier ministre se détacher sur le rideau liquide. Il poussa un hurlement et disparut au fond du gouffre.

La scène s'était déroulée si rapidement que Xénia se demanda si elle n'avait pas rêvé. Elle poussa un gémissement et se tourna vers le roi. Dès qu'elle sentit ses bras autour d'elle, une douce sensation de sécurité l'envahit.

Il la serra contre lui et écrasa violemment sa bouche contre la sienne. Xénia se rendit alors compte qu'elle vivait enfin un amour comparable à celui qui unissait ses parents et que toute sa vie elle avait attendu cet instant.

Cet amour était si fort qu'il éclipsait tout le reste. La présence si proche d'Istvan, ses lèvres collées contre les siennes étaient ce qui comptait désormais le plus pour elle.

L'eau qui chantait près d'eux et la lumière tamisée de la grotte qui les enveloppait n'appartenaient plus au monde mais aux dieux auxquels on l'avait consacré.

Il aurait été difficile de dire combien de temps cet instant dura. Une minute peut-être. Une heure. Un siècle même...

Lorsqu'il releva la tête et plongea son regard dans le sien, elle ne put s'empêcher de murmurer :

– Je vous aime! Oh... je vous aime!

– Je vous aime aussi! Comme vous avez été courageuse, ma chérie! répondit le roi.

Il l'embrassa de nouveau, follement, passionnément, comme s'il voulait exprimer sa joie d'être vivant et délivré des périls qui les avaient menacés.

Il l'embrassa sur les yeux, sur les joues, tout le long du cou.

Il lui enleva son chapeau pour pouvoir caresser ses cheveux soyeux. Elle se sentit fondre de joie; ils n'étaient désormais plus qu'une seule personne, à jamais indivisible.

Le roi releva la tête.

– Nous sommes libres, mon amour! Nous sommes vivants! dit-il doucement.

Xénia se blottit contre son épaule.

– J'ai cru que nous allions mourir, murmura-t-elle.

– Je l'ai cru aussi. Je n'aurais jamais cru que cet homme était un meurtrier.

– Dès le premier contact, j'ai vu qu'il portait le mal en lui, répondit Xénia.

Le roi se redressa.

– Le monde sera au moins délivré de sa présence, dit-il. J'espère que vous comprenez, ma chérie, que personne, absolument personne, ne doit savoir comment il est mort. Nous n'en parlerons même plus entre nous.

– Que se passera-t-il quand on constatera... son absence? demanda Xénia.

– On fera toutes sortes de suppositions, répondit-il. Comme Kalolyi a dû soigneusement brouiller les pistes, on ne nous associera pas à sa disparition.

Il l'embrassa de nouveau.

– Allons, dit-il. Rentrons. Vous avez été bien assez éprouvée aujourd'hui.

Il lui prit la main et lui fit franchir avec précaution l'étroit passage qui conduisait hors de la grotte. Elle évita tout le temps de regarder le gouffre où l'eau s'écrasait sur les rochers.

Comme s'il lisait dans ses pensées, le roi ne la lâcha que lorsqu'ils eurent atteint les arbres.

– Vous aviez raison, ma chérie, de ne pas regarder. Souvenez-vous qu'il ne s'est rien passé. Vous avez vu les Cascades Sacrées. Vous les avez trouvées belles. C'est tout.

Il regarda Xénia et ajouta :

– Quant à votre beauté, je ne trouve pas de mots pour la décrire, pas plus que je ne peux exprimer mon amour, tellement il est ardent.

Cette déclaration fit briller les yeux de la jeune fille.

– Jamais je n'aurais cru pouvoir être aussi heureux, ajouta-t-il.

Ne pouvant résister à la tentation, il se pencha vers elle et l'embrassa de nouveau.

Puis, sachant que le temps pressait, il se raisonna et la conduisit à travers la forêt.

Ils n'échangèrent pas une parole pendant le trajet. Ce ne fut qu'à l'arrivée au palais que Xénia prit conscience de sa fatigue et de l'horrible cauchemar qu'ils avaient vécu.

– Je veux que vous alliez vous reposer, lui ordonna le roi en la faisant descendre de selle. Je dirai à tout le monde que cette promenade vous a épuisée et j'assisterai seul aux réceptions prévues pour cet après-midi.

– Non... je... j'irai... mieux, objecta faiblement Xénia.

– C'est un ordre, dit-il. N'oubliez pas que vous m'avez vous-même conseillé de faire preuve d'autorité!

Elle sourit, car elle devina la tendresse que cachaient ces mots. Margit l'aida à se coucher et elle sombra dans un profond sommeil.

Elle dormit ainsi jusqu'à la fin de l'après-midi.

Dès qu'elle s'éveilla, elle pensa immédiatement au roi et à ce que l'on dirait en découvrant l'absence du Premier ministre.

Poussée par le désir de savoir ce qui se passait, elle tenta de se lever, mais elle dut y renoncer devant l'effort extraordinaire que cela demandait. Sa longue chevauchée l'avait courbatue, car elle avait cessé depuis trop longtemps de monter à cheval.

« Je veux voir le roi », se répéta-t-elle de plus en plus faiblement.

Elle s'endormit de nouveau et rêva qu'il appuyait ses lèvres sur les siennes.

Le lendemain matin, Margit la réveilla en lui apportant les journaux. Désormais, un numéro de *La Voix du Peuple* était automatiquement ajouté aux autres.

Xénia s'assit dans son lit pour parcourir les nouvelles, en cherchant, bien que ce fût improbable, des informations sur la disparition du Premier ministre.

Elle vit qu'il était surtout question, sous des titres en énormes caractères, du discours prononcé la veille par le roi.

Elle se rappela qu'elle devait assister à une réception au cours de laquelle le maire et les Corporations devaient présenter leurs cadeaux de mariage.

Elle regretta de n'avoir pu entendre la déclaration du souverain qui, à en croire les journaux, avait soulevé l'enthousiasme général.

Sa Majesté avait d'abord informé les dignitaires de la ville que le Chancelier de l'Echiquier avait été prié de diminuer tous les impôts, en particulier ceux qui frappaient l'industrie.

A l'avenir, tous ceux qui voudraient créer de nouvelles entreprises en Luthénie, ou qui chercheraient à investir dans celles qui existaient déjà, obtiendraient l'aide de l'Etat.

Xénia sourit en imaginant les visages frappés de stupeur et la fièvre des journalistes.

C'était exactement ce qu'elle avait attendu d'Istvan. Plus rien ne s'opposait aux plans du monarque. Le Parlement, libéré du Premier ministre, lui obéirait désormais entièrement.

– Que de bonnes nouvelles, Votre Altesse Royale! commenta Margit avec un sourire.

– En effet! convint Xénia. Qu'ai-je à faire ce matin, Margit?

– De nombreuses députations doivent être reçues aujourd'hui par Votre Altesse Royale pour lui présenter leurs cadeaux. Le premier rendez-vous est à 10 heures et demie.

Xénia se rendit compte qu'elle n'avait plus un moment à perdre. Elle expédia son petit déjeuner et son bain.

Ce qu'elle souhaitait avec le plus d'ardeur, cependant, c'était revoir le roi. Elle n'en trouva pas, hélas, l'occasion, car dès qu'elle descendit l'escalier, et jusqu'au repas de midi, elle fut continuellement occupée.

Ce déjeuner, auquel assistaient les parents et les autres invités ne les rapprocha d'ailleurs pas davantage. Le roi, qui présidait la réception, était assis à l'autre bout de la table.

Il n'avait pu que baiser sa main au moment où l'assistance était encore au salon. Elle avait été émue par ce simple contact et avait compris qu'il en était de même pour lui.

Dans l'après-midi, le roi eut un entretien avec les membres du Conseil, où en l'absence du Premier ministre, il exposa les suggestions et donna des ordres. Cela impressionna ses auditeurs, mais ne manqua pas de les inquiéter aussi.

Ils devaient certainement se demander ce que Kalolyi en dirait à son retour et craindre de se trouver inconfortablement placés entre le marteau et l'enclume.

Dans la soirée une étrange rumeur commença à circuler en ville. On disait que le Premier ministre s'était enfui; on l'accusait de commerce illicite avec un pays étranger et d'intriguer avec l'Autriche contre l'indépendance nationale.

Personne ne savait l'origine de ces histoires mais tous les habitants, du plus noble au plus humble, les répétaient.

En s'habillant pour le dîner, Xénia était désespérée à l'idée qu'elle allait passer sa dernière soirée avec le roi sans pouvoir être seule avec lui.

Elle était convaincue que Johanna apparaîtrait pour prendre sa place le lendemain matin, lorsqu'on se rendrait à la cathédrale.

Elle avait calculé, en effet, que sa cousine, ayant appris la date avancée du mariage un ou deux jours après sa propre arrivée à Molnar, serait là au plus tard la veille de la cérémonie.

« Elle arrive donc cet après-midi », s'était dit Xénia.

Elle s'était même résolue à embrasser le roi encore une fois, pour garder ce dernier souvenir de lui.

Elle admira une dernière fois les diamants que Margit passait autour de son cou et dans ses cheveux.

Elle savait maintenant qu'elle ne se marierait jamais et qu'elle serait désormais condamnée à la solitude.

Il lui serait impossible d'aimer un autre homme. Comme sa mère, elle avait donné tout son cœur, son âme, son esprit à un seul être.

« Mais je l'ai sauvé! » pensa-t-elle.

Elle l'avait au moins aidé à préserver son trône et à devenir un homme très différent du souverain amer et désabusé qu'elle avait rencontré à son arrivée.

Elle descendit au salon. Ce soir-là, comme il ne devait pas y avoir de présentations, les invités s'étaient placés sans aucun protocole. Chacun allait et venait où bon lui semblait.

Lorsque Xénia entra et qu'elle entendit les rires et les bavardages, elle comprit tout de suite que le roi n'était pas là. Il n'apparut que vingt minutes plus tard et s'excusa de son retard.

– Je m'étais imaginé, Istvan, que vous enterriez votre vie de garçon, dit un de ses parents pour plaisanter.

– Le mariage ne me fait pas peur. Et j'accepte volontiers ses chaînes, répliqua le roi.

Ses yeux rencontrèrent alors ceux de Xénia.

Ils se rendirent à la salle à manger où ils furent de nouveau séparés. La jeune fille se retrouva entre deux membres âgés de la famille.

Après le dîner, Xénia se retira avec les autres dames dans le salon et attendit avec impatience que le roi les rejoigne.

« Il faut que je le voie seul. Il le faut absolument », se disait-elle.

En outre, chaque fois que la porte s'ouvrait, elle croyait qu'un domestique allait venir lui annoncer que quelqu'un la demandait d'urgence et que ce quelqu'un serait Johanna.

Le roi entra finalement. Il rit et causa un moment avec ses invités, puis il s'approcha d'elle.

– J'ai quelque chose à vous dire, fit-il à voix basse.

Dès que leurs regards se croisèrent, tout s'effaça autour d'elle.

Il la fit sortir de la pièce par une des portes-fenêtres qui donnaient dans le jardin.

Ils traversèrent la pelouse. Les derniers rayons du soleil jouaient encore sur les jets d'eau.

– De quoi s'agit-il? demanda-t-elle.

– J'ai nommé cet après-midi un suppléant au Premier ministre, en attendant que nous puissions procéder à des élections générales.

– Etait-ce prudent de votre part?

– Les bruits qui courent sur la disparition du Premier ministre sont si alarmants qu'ils justifient ma décision.

– Oh, je suis heureuse, très heureuse! s'écria Xénia. Tout le monde saura maintenant que vous êtes le maître de la situation.

– C'est bien pour cela que je l'ai fait, dit le roi en souriant. Je savais que vous comprendriez.

Ils s'arrêtèrent au bout du jardin, là ou personne ne pouvait les voir.

– Je n'ai pas encore eu l'occasion de vous remercier pour tout ce que je vous dois, reprit le roi. Sans vous, rien de tout cela ne serait arrivé.

– Vous êtes devenu exactement tel que je vous souhaitais.

– Vous m'avez inspiré et vous m'avez guidé, continua-t-il. Demain je pourrai vous dire non seulement combien je vous suis reconnaissant mais aussi combien je vous aime!

Il la prit dans ses bras et l'embrassa, tant et tant qu'elle eut l'impression que le jardin, illuminé par le soleil couchant, se mettait à tourner autour d'elle.

Il la lâcha et plongea son regard au fond du sien.

– Il faut que je vous quitte, ma chéric, dit-il. J'ai tant de choses à faire avant demain, pour que nous puissions passer notre lune de miel en paix.

Il l'étreignit de nouveau.

– Rien ni personne ne nous séparera, poursuivit-il. Vous comprendrez bientôt que vous m'appartenez et que je vous aime plus que la vie.

– Je n'oublierai jamais, en tout cas, que vous avez offert la vôtre pour sauver la mienne, murmura Xénia.

– Oubliez cela. Oubliez tout ce qui s'est passé. Vous savez bien que nous ne devons plus en parler. A l'avenir, par contre, nous n'aurons plus un seul secret entre nous.

Il ne se doutait pas qu'un secret capital les séparait déjà. Xénia se demanda un moment si elle ne devait pas lui dire la vérité.

Puis elle décida que cet aveu serait déloyal à l'égard de Johanna et qu'il ne résoudrait rien.

N'était-il pas obligé d'épouser la fille de l'archiduc Frédéric de Prusse?

Même si c'était elle qu'il aimait et qu'il désirait plus que tout prendre pour femme, il serait obligé de se soumettre à la raison d'Etat et de se marier avec sa cousine.

Pour la dernière fois, Xénia se pressa tout contre lui.

– Embrassez-moi encore. Je vous en prie, Istvan. Embrassez-moi encore une fois.

– Une fois? répondit-il. Je ne fais que commencer. Ce n'est que le premier de mes baisers. Je vous en donnerai des milliers, ma chérie, mon amour, ma merveilleuse petite fiancée.

Il l'embrassa passionnément. Puis, comme Xénia comprenait que la séparation était aussi pénible pour lui que pour elle, ils retournèrent ensemble vers le palais.

Il la quitta devant la porte-fenêtre.

Il lui fut si difficile de parler normalement aux autres invités que la duchesse douairière, remarquant son trouble, lui conseilla finalement d'aller se coucher :

– La journée de demain sera longue, ma chère.

Elle accompagna Xénia à la porte. Lorsque plus personne ne put les entendre, elle ajouta :

– Je ne peux vous dire à quel point le bonheur d'Istvan me touche. Vous l'avez changé, Johanna. Nous vous en sommes tous très reconnaissants.

– Merci, répondit Xénia.

Lorsque la duchesse la quitta et se dirigea vers sa chambre, Xénia éclata en sanglots.

6

Comme dans un rêve, Xénia regardait avec impuissance la foule qui s'était massée entre le palais et la cathédrale et qui clamait sur leur passage.

Avant de partir, elle avait espéré à tout moment que Johanna arriverait.

A trois reprises elle avait envoyé en bas demander si « une dame venant d'Angleterre » ne cherchait pas à la voir.

Chaque fois la réponse avait été négative. Elle s'était donc remise aux soins de Margit, qui lui avait fait revêtir la belle robe de mariée brodée de diamants qu'on avait trouvée, par chance, dans les bagages de Johanna.

Celle-ci l'avait sans doute achetée à Paris, dans l'intention évidente de la rapporter en Prusse, où, d'après l'ambassadeur de ce pays, maintenant assis à côté de Xénia, la cérémonie devait primitivement avoir lieu.

– Je ne sais ce que Son Altesse l'archiduc en dira, répétait cet homme de sa voix monotone aux intonations germaniques. Il me blâmera pour cette hâte incroyable, *Meine Prinzessin.* Que pourrai-je répondre?

– La vérité, Herr Winhofenberg, répliqua Xénia quand elle eut la force de l'écouter.

La seule chose dont elle restait encore pleinement consciente, c'était qu'elle allait épouser le roi et qu'elle resterait avec lui un peu plus longtemps qu'elle ne l'avait cru possible la veille.

La foule se manifestait avec une spontanéité due autant à la popularité toute nouvelle du monarque qu'à celle dont elle jouissait elle-même.

De nombreuses bannières proclamaient :
ELLE VEILLE SUR NOUS!
et
VIVE NOTRE REINE QUI PENSE A NOUS!

Des milliers d'enfants, sans doute poussés par leurs parents, lui lançaient des fleurs.

Les journaux s'étaient montrés vivement intéressés ces deux derniers jours par la construction d'un hôpital pour les femmes et les enfants. Cela avait presque éclipsé la surprise que le roi avait créée en promettant de réduire les impôts et d'aider l'industrie.

« J'aurais au moins réussi à le réconcilier avec son peuple », pensa Xénia.

« Et toi? semblait lui demander une petite voix. Qu'as-tu fait pour toi? »

Hélas, elle ne connaissait pas la réponse, car même si elle l'épousait, sa situation n'en serait pas changée, et elle laisserait tout naturellement la place à Johanna quand celle-ci arriverait.

– Cet enthousiasme populaire est bien agréable, *Meine Prinzessin,* chuchotait l'ambassadeur de Prusse.

La foule devenait, en effet, de plus en plus dense au fur et à mesure qu'ils approchaient de la cathédrale.

Ce fut alors que Xénia remarqua une immense affiche sur un bâtiment dépourvu de fenêtres qui représentait une femme vêtue d'une courte jupe rouge de paysanne, la jambe levée et le buste rejeté en arrière dans une attitude d'abandon étonnamment sensuel.

En haut de l'affiche, Xénia lut : « Venez voir ELGA dans LES FOLIES DE MOLNAR. »

La jeune fille ne put détacher son regard de l'affiche et le sourire avec lequel elle répondait aux vivats s'éteignit sur son visage.

Ainsi, c'était Elga!

Pendant ces deux dernières journées remplies d'événements dramatiques, elle avait complètement oublié l'existence de la maîtresse du roi.

A en croire l'affiche, il s'agissait non seulement d'une créature agréable, mais étonnamment délurée.

C'était donc le genre de femme qui plaisait au roi.

Non, Xénia ne ressemblait en rien à une danseuse de music-hall.

Elga! Elga!

Elle crut entendre le carrosse royal scander ce nom à chaque tour de roue.

Cette obsession se dissipa lorsque Xénia se retrouva confrontée à d'autres préoccupations. Si Johanna avait assisté à beaucoup de mariages royaux, dont elle avait été parfois la demoiselle d'honneur, Xénia ne connaissait rien, et sa mère ne lui en avait du reste jamais parlé.

Elle chercha de l'aide dans le regard de l'ambassadeur de Prusse.

Mais elle changea d'avis, sachant qu'il lui ferait un discours interminable et ennuyeux qu'elle aurait en plus toutes les peines du monde à comprendre à cause de son allemand guttural.

Le carrosse décoré de dauphins et de sirènes dorés s'arrêta enfin devant la cathédrale.

Quand la jeune fille en descendit, le bruit que faisait la foule mit définitivement ses pensées en déroute. Elle se sentit soudain désemparée, terrorisée.

La traîne de sa robe de mariée, attachée à sa taille, très longue et bordée d'hermine, était portée par quatre pages habillés en costume du XVIIe siècle.

A cause de la précipitation avec laquelle on avait organisé le cortège, Mme Gyula était la seule dame d'honneur. C'était elle qui prendrait le bouquet au moment où la mariée monterait les marches de l'autel.

Noyée dans une mer inconnue, ballottée par des vagues d'indécision et de peur, Xénia se souvint que pendant la cérémonie le roi la couronnerait reine.

Elle se demanda ce qui se passerait si à ce moment précis on dénonçait son imposture.

La foule qui l'acclamait avec une telle vivacité serait alors bien capable de la mettre en pièces.

Pire encore, tout le bien qu'elle avait essayé de faire, l'aide qu'elle s'était efforcée d'apporter au roi seraient perdus à jamais.

Elle eut un sursaut de courage. « Personne ne saura jamais », se dit-elle avec confiance tandis que l'ambassadeur lui offrait son bras pour lui faire traverser la nef.

L'orgue, qui avait jusque-là joué en sourdine, entonna une marche triomphale. Ils commencèrent à avancer. L'assistance était très nombreuse. Les couleurs des robes, le scintillement des bijoux tournoyaient devant les yeux de Xénia comme un manège multicolore.

La marche vers l'autel semblait interminable. Xénia voyait en face d'elle les évêques et les membres du clergé dans leurs ornements brodés d'or. Une croix incrustée de pierreries scintillait sous le rayon de lumière qui tombait des vitraux.

La jeune fille se sentit de nouveau gagnée par la panique. Non, cela ne pouvait pas avoir lieu! Que se passerait-il quand Johanna arriverait?

Elle eut soudain envie d'abandonner le bras de l'ambassadeur et de courir se cacher.

Comment pouvait-elle persister à jouer ce rôle? Sa comédie aboutissait maintenant à tourner en dérision ce qu'il y avait de plus sacré. Elle se moquait du sacrement du mariage, de la cérémonie du couronnement!

Puis elle vit le roi au pied des marches de l'autel.

Il se tourna vers elle, et dès qu'elle croisa son regard, la peur la quitta.

Ils étaient ensemble. Ils s'étaient trouvés. Rien d'autre ne comptait.

Elle se sentit protégée et heureuse comme s'il la tenait dans ses bras. Même un baiser n'aurait pas pu les rapprocher autant.

Quand le roi lui prit la main et passa l'alliance à son doigt, un frisson la parcourut.

« Je vous aime, avait-elle envie de crier. Je vous aime plus que la vie. »

Elle était prête à tout lui donner, même sa vie s'il la lui demandait.

Isolée dans un nuage d'or, elle prononça les paroles rituelles.

Puis elle s'agenouilla et on lui enleva le diadème de diamants qu'elle portait. Quand le roi plaça la couronne sur sa tête, elle eut envie de lui dire que bien plus que sa reine, elle serait son esclave pour toujours.

La cérémonie fut très longue, mais auprès du roi, le temps n'avait plus d'importance.

Celui-ci lui présenta son bras après la bénédiction et ils descendirent la nef. Comme un champ de blé qui ondule sous le vent, Xénia vit devant elle les hommes incliner la tête, et les femmes exécuter tour à tour une gracieuse révérence.

Une voiture découverte et fleurie, traînée par six chevaux blancs comme neige, les attendait dehors.

On y fit monter la mariée et l'on drapa sa traîne sur le siège qui lui faisait face. Le roi enfin prit place à côté d'elle.

Elle trouvait qu'avec sa tunique blanche et son shako à plumes, il était plus beau, plus majestueux, plus séduisant qu'il ne l'avait jamais été.

Le bruit de la foule empêchait toute conversation, mais quand la voiture s'ébranla, le roi prit la main de Xénia dans la sienne et la porta à ses lèvres.

Malgré l'émotion qui l'envahit, elle n'oublia pas ses devoirs et salua la foule de sa main libre. Les fleurs que les enfants jetèrent envahirent la voiture et des pétales se prirent au voile de Xénia et aux épaulettes du roi.

Sur leur parcours, il n'y avait plus d'hommes au regard sombre, à l'aspect sinistre, plus de calicots aux slogans contestataires, plus de huées et de cris hostiles, mais un concert d'applaudissements. Autour du palais la troupe contenait difficilement la foule.

Lorsque la voiture s'arrêta devant l'escalier, le roi demanda :

– Etes-vous fatiguée, chérie? Vous vous êtes tirée magnifiquement de cette longue épreuve.

Elle le regarda avec une telle intensité qu'il sembla comprendre.

– Nous devons encore affronter le banquet, reprit-il. Je vous promets de vous emmener loin de tout cela demain.

Elle retint son souffle.

Qu'apporterait demain? Allons, il ne fallait pas y penser. Leurs invités les attendaient déjà. La première personne qui embrassa Xénia fut la duchesse douairière, les larmes aux yeux.

Comme les autres parents du roi et la plupart des invités au repas, elle avait regagné le palais par le chemin le plus court.

Une immense table avait été dressée au centre de la galerie dont les miroirs renvoyaient à l'infini le reflet des couverts d'or et des fleurs blanches.

Pendant quelques instants Xénia se confia aux soins de la dame d'atour qui enleva sa lourde couronne et la remplaça par le diadème qu'elle portait en se rendant à la cathédrale.

Cette parure était plus légère et surtout plus seyante.

Le visage encadré par son voile, Xénia ressemblait à une princesse de conte de fées.

Elle examina son visage dans un miroir. Contrairement à Cendrillon, les douze coups de minuit n'avaient pas encore sonné pour elle, et le Prince Charmant l'avait bel et bien épousée!

– Je l'aime! Oh, je l'aime! murmura Xénia. Mon Dieu, laissez-moi rester avec lui encore un peu.

Ce jour-là, pour la première fois, elle fut assise à table à côté de lui.

Au fur et à mesure que les discours se succédaient, elle remarqua que ceux qui parlaient s'adressaient pour la première fois à leur souverain avec un respect et une sincérité nouvelle.

« Mr Donington avait raison, se dit-elle. Il remplira brillamment son rôle. Il assurera sans difficulté l'équilibre européen. »

Le discours du roi fut bref. Il remercia tous ceux qui l'avaient soutenu, puis il déclara :

– Il n'est pas nécessaire de vous rappeler que les événements de ces derniers jours n'ont été rendus possibles que grâce à ma femme, qui m'a inspiré et m'a donné courage. Si à l'avenir je peux vous servir comme je souhaite le faire, si nous parvenons ensemble à faire de la Luthénie une nation qui compte dans le monde, ce sera parce que la reine croit aux miracles. Ceci, dans l'histoire de notre pays, en est déjà un.

Il dit quelques mots encore et s'assit. Xénia retint surtout l'inflexion toute particulière avec laquelle il avait prononcé « ma femme ».

Elle avait espéré qu'après le repas tous les invités s'en iraient, mais il y avait encore la réception.

Celle-ci était destinée à ceux qu'on n'avait pas jugés dignes du banquet, mais dont l'importance justifiait tout de même qu'on les reçût au palais en une si mémorable occasion.

Les deux salons qui communiquaient entre eux étaient noirs de monde. On avait aussi dressé un buffet dans le jardin, et tout le monde se disputait les jeunes mariés.

Il ne faisait pas encore nuit, mais déjà les lampions étaient allumés le long des allées et des parterres, et des lanternes étaient accrochées aux branches des arbres.

Les jets d'eau éclairés jaillissaient dans l'air avec toutes les couleurs de l'arc-en-ciel.

Xénia n'accordait aucune attention à ce spectacle; elle ne pensait qu'à l'homme qui circulait avec elle parmi les invités.

On avait débarrassé sa jolie robe arachnéenne de la lourde traîne. La jeune fille sentait, sans en tirer orgueil, qu'elle était en beauté, que les diamants qui la paraient participaient à l'illumination du jardin.

Il fallut parler à tant de gens, recevoir tant de

félicitations qu'elle fut surprise d'entendre le comte annoncer au roi :

– Il est 10 heures et demie, Votre Majesté.

– Nous pouvons donc nous retirer, dit le roi sur un ton qui trahissait une impatience que Xénia ne manqua pas de remarquer.

Il lui offrit le bras. Les gentilshommes de service à la Cour les précédèrent.

Ils rentrèrent au palais entre la haie d'honneur des invités qui s'inclinaient sur leur passage, puis ils firent leurs adieux aux parents royaux et aux invités qui s'étaient regroupés dans le salon car ils devaient quitter la ville dès le lendemain. Officiellement, d'ailleurs, on considérait que la lune de miel était déjà commencée.

– Au revoir, très chère Johanna, dit la duchesse douairière. Que Dieu vous bénisse, vous et Istvan, comme Il l'a déjà fait.

Xénia et le roi sortirent du salon.

Elle avait pensé qu'elle resterait désormais seule avec lui, mais la dame d'atour et cinq autres dames l'attendaient pour l'escorter selon la tradition jusqu'à sa chambre à coucher.

Le roi lui baisa la main et, se soumettant au protocole, elle monta seule l'escalier.

Dans la chambre, la dame d'atour fit la révérence et prononça un petit discours dans lequel elle demandait la bénédiction de Dieu sur ce mariage, en même temps qu'elle exprimait le souhait qu'une longue descendance fût accordée au roi.

C'était un peu embarrassant. Les dames firent ensuite, l'une après l'autre, la révérence, baisèrent la main de la reine et l'assurèrent qu'elles seraient à jamais ses servantes.

Elles partirent enfin et Xénia laissa Margit la déshabiller.

C'est alors qu'elle décida pour la première fois, de dire toute la vérité au roi.

Accepter la couronne et l'alliance de Johanna était une chose, mais faire l'amour avec le roi en se faisant passer pour elle en était une autre.

Xénia était très innocente. Elle ne savait pas exactement ce qui se passait quand un homme et une femme devenaient une « seule chair », ainsi qu'elle l'avait entendu dire pendant la cérémonie.

Elle savait, par contre, qu'un enfant en pouvait naître.

Elle fut soudain prise de panique. Qu'arriverait-il si, au retour de Johanna, quand elle-même serait revenue en Angleterre, elle se trouvait enceinte?

Elle n'avait jamais envisagé cette éventualité car elle avait cru jusqu'au dernier moment que Johanna arriverait en Luthénie avant le mariage, et qu'elle n'épouserait pas celui qu'elle aimait.

« Il faut que je lui dise la vérité avant qu'il ne me touche », se dit-elle, tout en tremblant à l'idée de le mettre en colère.

En fait, elle était certaine qu'il serait furieux. Quel homme ne le serait pas après avoir été joué de cette façon, après avoir été traité comme un imbécile?

« Sans doute l'ai-je aidé à se rendre populaire. Si je n'avais pas été là, peut-être n'aurait-il jamais eu le courage de combattre le Premier ministre? » Xénia passa en revue toutes ses excuses et les trouva parfaitement justes. Pourtant, un élément essentiel faussait le problème. Si les baisers du roi avaient enchanté Xénia, peut-être n'évoquaient-ils pour lui rien de plus que ceux qu'il échangeait avec Elga.

En tout cas, un baiser était une chose; faire l'amour en était une autre.

« Il faut que je le lui dise! Je le dois! » se gourmandait-elle.

Sans qu'elle s'en soit rendu compte, Margit lui avait déjà fait enfiler une chemise de nuit et attendait maintenant pour l'aider à se mettre au lit.

La signification de ce grand lit, avec ses tentures, son baldaquin, ses deux oreillers aux taies garnies de dentelle et son couvre-pied brodé, remplit Xénia de confusion lorsqu'elle y grimpa.

Margit rajusta les draps, disposa le négligé de sa maîtresse sur une chaise et éteignit les lumières.

Il ne resta plus, au chevet, qu'un candélabre dont la lumière était tamisée par les rideaux du baldaquin.

« Il me sera peut-être plus facile de lui avouer la vérité si je suis dans l'ombre », pensa-t-elle.

Elle s'appuya sur l'oreiller et, le cœur battant la chamade et les doigts tremblants, elle essaya de se préparer à ce qui l'attendait.

Elle entendit, pour la première fois depuis qu'elle vivait au palais, s'ouvrir la porte qui séparait l'appartement du roi de celui de la reine.

Quelqu'un entra. Elle eut de plus en plus de mal à respirer.

Le roi portait une longue robe de chambre bleue qui touchait presque le sol et qui le faisait paraître plus grand et plus impressionnant que de coutume.

Lorsqu'il s'avança vers elle, Xénia vit que toute trace de cynisme avait disparu de ses traits.

Tout au contraire, l'éclat étrange de ses yeux le différenciait de l'homme à l'air ennuyé et hautain qu'elle avait rencontré il y avait une semaine.

Il s'approcha du lit et la regarda. Elle était assise. Ses cheveux roux couvraient ses épaules et descendaient jusqu'à sa taille. La fine étoffe de sa chemise de nuit et ses entre-deux de dentelle dissimulaient à peine les douces rondeurs de ses seins.

Il la regardait avec une telle intensité qu'elle se tordait les mains, incapable de parler.

– Si vous saviez comme vous êtes belle! dit-il. Il me tardait de voir vos cheveux ainsi dénoués.

Xénia savait que le moment était venu de dire la vérité, mais aucun son ne pouvait sortir de sa gorge.

Ce serait plus facile, pensa-t-elle, si le roi ne la regardait pas avec tant de fougue.

– Istvan... murmura-t-elle imperceptiblement.

Il s'assit au bord du lit, en face d'elle. Elle comprit qu'il voulait continuer à la regarder, à contempler ses cheveux, ses lèvres tremblantes de peur.

– Je vous aime! dit-il avant qu'elle puisse parler. Dieu, comme je vous aime! Je n'aurais jamais cru qu'il était possible d'aimer une femme à ce point.

Il tendit les bras pour l'attirer vers lui.

– Je suis amoureux, terriblement, follement amoureux, ma petite femme! » dit-il encore.

Au contact de ses doigts, Xénia retrouva la voix :

– J'ai... J'ai quelque chose... à vous dire.

Elle sentit qu'il se raidissait. Comme elle l'aimait, elle comprit, sans risque d'erreur, qu'il craignait ce qu'il allait entendre.

Parce que son amour pour lui était total, elle devina qu'il s'attendait à des confidences au sujet de son amant, de cet amant auquel il avait fait allusion le jour où il était monté dans le train pour l'accueillir.

– Que voulez-vous me dire? demanda-t-il.

Il avait pris un ton différent. Ses mains avaient lâché ses bras nus et reposaient maintenant inertes sur le drap.

Xénia soupira profondément.

Comment allait-elle le lui dire? Comment aurait-elle le courage de détruire le bonheur qu'elle avait lu dans ses yeux?

Comment pouvait-elle détruire ce moment d'extase?

Elle l'aimait si profondément, si entièrement, si complètement avec son esprit, son corps, son âme... qu'elle aurait préféré mourir pour lui plutôt que de briser son bonheur. Elle pensa à la confiance totale et aveugle qu'il avait eue, et elle comprit soudain qu'elle ne pouvait pas parler. Pas cette nuit-là, en tout cas...

Demain?... Demain ne viendrait peut-être jamais. Ils s'endormiraient et peut-être ne se réveilleraient-ils pas. Tout pouvait arriver. Tout!... ou rien.

Elle était incapable de rendre ce visage malheureux en lui avouant son imposture.

– J'attends, dit le roi.

La flamme de son regard s'était éteinte, et elle crut retrouver l'expression amère qu'elle connaissait bien.

Inconsciemment elle fit un mouvement vers lui. Elle voulait désespérément se rapprocher.

– Je... Je voulais vous dire, souffla-t-elle, que je vous aime... mais... je ne sais... que faire.

Elle ne choisissait pas ses mots et ne se souciait même pas de ce qu'elle disait.

– Que voulez-vous dire par là?... demanda brusquement le roi.

– C'est que... C'est simplement que...

Paralysée de timidité, elle détourna les yeux et essaya de se blottir contre son épaule.

Il l'enlaça, puis il reprit :

– Je dois être stupide, mais je ne comprends plus rien.

Elle ne savait plus quoi dire.

Il essaya alors de dégager son visage et de le tourner vers lui.

– Regardez-moi, Xénia, dit-il. Que voulez-vous dire? Pourquoi ne savez-vous que faire?

– Je... vous aime... Tout ce que je sais c'est... que je vous aime!

Il la regarda un long moment, puis il déclara :

– Je suppose que j'aurais dû m'en douter... Vous allez me trouver bien étrange car, bien que j'aie toujours cru à l'existence de votre amant anglais, lorsque je vous ai embrassée, j'aurais juré devant Dieu lui-même que c'était votre premier baiser.

– C'était... le premier! murmura Xénia.

Xénia eut l'impression que quelque chose explosait en lui.

Il s'écria d'une voix triomphante :

– J'avais raison! Oh, ma chérie, j'avais raison! Vous êtes entièrement à moi, telle que je vous souhaitais!

Puis, comme s'il voulait balayer le moindre doute, il ajouta :

– Dites-moi... Dites-moi par ce que vous avez de plus sacré que vous n'avez jamais appartenu à aucun homme, qu'aucun ne vous a touchée.

– C'est vrai, murmura de nouveau Xénia.

Le roi l'étreignit tout aussitôt, s'empara de sa bouche, la tint ainsi captive et la renversa sur l'oreiller.

Prise du même transport, ses pensées l'abandonnèrent et elle se livra à la caresse des lèvres, à la passion des mains qui parcouraient son corps.

Quelque chose brûlait en elle. Les flammes qu'elle avait vu apparaître dans les yeux du roi s'élevaient maintenant dans les siens.

– Je vous aime! Je vous aime!

Ces mots semblaient chanter autour d'eux. Elle pouvait sentir le cœur du roi battre contre le sien.

Elle comprenait qu'elle atteignait son but suprême. C'était enfin l'amour dans sa perfection. Cet amour qu'elle avait désespéré de trouver jamais, elle le découvrait dans ces bras, dans cet être tout entier.

Les lèvres s'attardèrent sur ses yeux, sur ses joues, sur son cou, et descendirent jusqu'à ses seins.

Le monde n'était plus que feu et chant. Eux-mêmes, dans leur unité, rejoignaient le ciel...

Quelque part, très loin, Xénia reconnut le pas cadencé des gardes du palais.

Elle tourna la tête contre l'épaule du roi et sentit qu'il l'embrassait sur le front.

Une faible lueur dorée traversait toujours la tenture près d'eux. Les bougies devaient être presque entièrement consumées.

– Je vous aime, murmura-t-elle.

Elle avait prononcé ces mots mille fois peut-être déjà. Elle ne se lassait pas de les répéter.

– Je vous adore! répliqua le roi. Je ne savais pas qu'on pouvait être aussi heureux sur cette terre.

– Etes-vous vraiment... heureux? demanda Xénia. N'ai-je rien fait de... mal?

Il eut un léger rire.

– Vous, mon trésor? Vous avez été tout simplement parfaite.

Elle poussa un petit soupir de bonheur.

– Nous sommes faits l'un pour l'autre, reprit-il. Vous êtes à moi comme je vous appartiens. Rien d'autre au monde ne compte.

– C'est ce que je pense aussi, dit-elle.

– Oh, ma chérie, j'ai tant à vous apprendre en amour et tant d'amour à vous donner! Je doute qu'une vie entière y suffise.

Tout au fond de sa conscience Xénia entendit une petite voix lui chuchoter que cet instant était éphémère, mais elle chassa immédiatement cette pensée.

Chaque minute de cette nuit leur appartenait, et rien ne devait les abîmer.

Elle se blottit plus étroitement contre lui.

– C'est ainsi que je vous veux, contre mon cœur et dans mon cœur, dit-il. Vous serez à moi jusqu'à la fin du monde. Après, c'est au paradis que nous nous retrouverons.

– Je suis déjà au paradis..., fit Xénia. Cette nuit, quand vous m'aimiez, je souhaitais mourir. J'ai connu le bonheur; on ne pouvait rien y ajouter.

– Vous vivrez, dit-il. Ce n'est que le commencement. Vous êtes une fleur encore en bouton, ma chérie.

Il baisa son front.

– Aussi jolie que vous soyez, poursuivit-il, notre amour ajoutera encore à votre beauté. Vous êtes une femme désormais, petite épouse!

Xénia rougit et cacha son visage contre lui.

– Ma femme! La mienne! reprit-il. Oh, mon trésor, si vous saviez quelle différence cela fait pour moi que vous ayez menti!

Avec une espèce de rire il ajouta :

– Je sais bien pourquoi vous le faisiez. Vous aviez entendu parler d'Elga. Vous ne vouliez pas être en reste. Vous cherchiez peut-être aussi à me faire comprendre que j'étais un imbécile.

– Est-ce que vous l'aimiez? demanda Xénia, qui se souvenait de la créature qui posait sur l'affiche.

– Non, bien sûr! Ce n'était qu'une passade. Mes ennemis, sans doute à l'instigation du Premier ministre, avaient démesurément grossi l'affaire.

Il serra Xénia dans ses bras.

– C'est parce que vous aviez entendu parler de cette femme, dit-il encore, que nos relations ont été faussées dès notre rencontre. Mais elles l'étaient déjà auparavant à cause de ce mariage arrangé sans notre consentement.

– Ne pourrions-nous oublier tout cela, au moins pour cette nuit?

– Nous l'oublierons définitivement, assura le roi. Vous m'appartenez, ma chérie, quoique je n'arrive toujours pas à imaginer que personne ne vous ait embrassée avant l'instant merveilleux que nous avons passé sous la cascade.

– J'ignorais ce qu'un baiser pouvait être. J'ignorais cette extase. Je ne savais pas non plus...

Elle s'interrompit.

– Que ne saviez-vous pas non plus? insista-t-il.

– Que faire l'amour offrait cette sensation de perfection, de gloire... divine presque.

– C'est uniquement parce que nous nous aimons, dit-il. Je vous promets, ma chérie, qu'il n'y aura personne d'autre désormais ni dans votre vie ni dans la mienne.

Ses lèvres cherchèrent les siennes.

– D'abord, parce que je serai très jaloux! ajouta-t-il. Vous êtes trop belle pour qu'un homme près de vous se sente en sécurité.

Xénia aurait dit volontiers qu'elle ne voulait aucun autre homme dans sa vie, mais les lèvres et les mains du roi se firent plus insistantes, et passionnées.

Le sang battit dans ses veines et elle se mit à respirer plus rapidement.

Dans son esprit, son corps, et son âme, elle ne pouvait prononcer que ces mots :

– Je vous aime! Oh, comme je vous aime! Lorsqu'elle ouvrit les yeux, un rayon de soleil se glissait entre les rideaux.

« Je suis mariée! » pensa-t-elle.

Elle se tourna vers le roi, mais la place était vide. Elle était au bord des larmes, lorsqu'elle l'entendit franchir la porte de communication.

Il était habillé. Il alla ouvrir l'une des fenêtres et tira les rideaux. En même temps que le soleil fit irruption dans la pièce, il se tourna vers elle, un sourire aux lèvres.

– Etes-vous réveillée, mon trésor?

– A peine. Lorsque j'ai vu que vous étiez parti, j'ai cru que je vous avais perdu à jamais, dit-elle d'une voix tremblante.

Emu, il revint vers le lit, et découvrit qu'aucune femme ne lui avait jamais paru aussi belle au réveil.

La peau de Xénia était éclatante dans la pleine lumière. Ses cheveux roux inondaient l'oreiller. Ses yeux, quoique encore ensommeillés, brillaient d'un éclat vert étonnant.

Il la contempla un long moment.

– Existez-vous vraiment? lui demanda-t-il. J'ai l'impression que vous êtes une nymphe des eaux ou des bois et que vous allez soudain disparaître, et que je serai de nouveau seul.

Le cœur de Xénia se mit à battre violemment. L'amour lui avait-il fait deviner la vérité?

– Qu'allons-nous faire aujourd'hui? demanda-t-elle brusquement.

– J'aimerais vous dire que je vais vous rejoindre dans votre lit, et je vous assure que rien ne me plairait davantage, mais...

Il s'assit en face d'elle et tendit la main vers ses cheveux.

– Qu'allez-vous... réellement faire?

Elle avait insisté sur les mots, car il lui importait vraiment de savoir.

– J'ai dû prévoir, bien contre mon gré, une réunion du Conseil Privé ce matin, reprit le roi. Puis, quoi qu'on en dise, aussi importantes que soient les affaires à débattre, nous partirons en voyage de noces.

– Où allons-nous?

– C'est un secret, une surprise pour vous. Vous ne devez pas savoir.

Elle poussa un petit cri.

– J'aime les surprises... Je veux dire, les bonnes.

– Celle-ci sera très bonne, dit-il. Encore que l'adjectif soit faible. Etre seul avec vous, sans apparat, sans cérémonie, sans dame d'honneur, mérite vraiment mieux.

– Je ne demande qu'à être avec vous, chuchota Xénia.

La passion avec laquelle elle avait parlé était si bouleversante que le roi se pencha vers elle.

– Si vous me regardez comme cela et si vous me dites de telles choses, il n'y aura pas de Conseil Privé, à moins que l'on ne m'y attende jusqu'à demain matin.

Son regard venait de s'enflammer à nouveau, et elle ne put s'empêcher de jeter les bras autour de son cou.

– M'aimez-vous toujours? demanda-t-elle.

– Voulez-vous que je vous le prouve? Je le ferais bien volontiers, répondit-il.

Il posa les lèvres sur les siennes. Pendant un moment la conversation fut interrompue.

Puis, avec un effort presque surhumain, elle posa les deux mains sur sa poitrine et le repoussa.

– Allez faire votre devoir.

– Je devrais surtout vous embrasser.

Ses lèvres étaient exigeantes. Elle savait qu'elle l'avait provoqué et qu'il la désirait maintenant autant qu'elle-même pouvait le faire.

Elle échappa à son baiser, détourna la tête.

– Hâtez-vous, dit-elle. Dépêchez-vous d'en finir avec le Conseil Privé et partons en voyage de noces. Je vous en prie, Istvan, mon chéri, faites en sorte que plus rien ne dérange nos projets, aussi urgent que cela soit.

– Je vais m'en assurer, répondit le roi.

Elle le regarda dans les yeux, et il déclara d'une voix grave :

– Si vous saviez comme il me coûte de m'arracher ainsi à vous! Vous me plaisez tant! Il me semble aussi, mon trésor, qu'une petite flamme qui n'existait pas auparavant s'est éveillée en vous.

Il avait lu dans son regard.

Il l'embrassa encore, puis sortit de la pièce comme un soldat qui va à la parade.

Xénia poussa un joyeux soupir.

Elle n'avait jamais soupçonné l'existence d'un tel bonheur. La passion du roi l'avait éveillée à la vie.

C'était l'amour dans toute sa splendeur. Ce n'était pas seulement celui qui unissait un homme et une femme ou deux êtres vivants, mais plus encore. C'était celui qui transportait au ciel, qui élevait et sanctifiait la passion.

« Istvan est merveilleux! » se dit-elle, lorsque Margit lui apporta son petit déjeuner.

Pendant le bain qu'elle prit ensuite, Xénia ne

pensa qu'au roi et à l'endroit inconnu où il l'emmènerait pour que personne ne pût les trouver.

« On commence à lui faire confiance, songeait-elle. Puisque le Premier ministre n'est plus là pour fomenter des troubles, tout ira bien. »

Lorsqu'elle eut fini de se sécher, Margit lui apporta un déshabillé de satin bleu pâle garni de volants de dentelle.

Xénia le passa et s'assit à la coiffeuse pour que Margit arrange ses cheveux. Elle lui recommanda de lui faire une coiffure jeune parce que le roi la préférait ainsi.

Ne lui avait-il pas dit pourtant qu'elle était devenue femme?

Elle examina son image dans le miroir. Elle s'attendait, en effet, à constater une énorme différence.

Il est vrai que ses yeux lui renvoyaient un regard non seulement vert, mais éclairé par un bonheur tout nouveau.

Elle trouva aussi que ses lèvres étaient plus pleines et que leur ligne était plus incurvée. Sans doute était-ce l'effet des baisers que le roi lui avait donnés pendant la nuit.

Margit mettait la dernière épingle à sa coiffure, quand on frappa à la porte.

Elle alla ouvrir. Après de longs chuchotements, elle revint vers Xénia.

– Il y a une dame qui vient d'Angleterre pour voir Votre Majesté, dit-elle. Le majordome s'est rappelé que vous attendiez son arrivée hier. Il a pensé que Sa Majesté voudrait la recevoir. Elle attend dehors.

– Pas dehors. Ici même! fit une voix à la porte.

Sans même tourner la tête, Xénia sut qui avait

parlé. C'était Johanna... en retard d'un jour et une nuit.

7

Margit recula vers la porte.

– Que Votre Majesté sonne si elle a besoin de moi, murmura-t-elle.

Elle fit une révérence et quitta la pièce.

Xénia se retourna, et vit Johanna à l'autre bout de la chambre, dans un costume de deuil.

Sa robe, de crêpe, bien trop élégante pour la circonstance, soulignait sa svelte et gracieuse silhouette. Un petit bonnet exécuté dans la même matière était posé sur sa tête. Un voile cachait entièrement son visage.

Elle souleva ce voile de ses mains gantées de noir et regarda Xénia en souriant.

– Me voilà! s'exclama-t-elle. Ne me dites pas que vous êtes surprise de me voir.

– Pas... exactement, parvint à répondre Xénia, mais je vous attendais... hier ou même... avant-hier.

Comme l'autre s'avançait vers elle, elle eut de nouveau l'étrange impression de voir son propre reflet dans un miroir.

Malgré l'habileté de son déguisement, le deuil accentuait encore plus la peau blanche de Johanna, ses cheveux roux, ses yeux verts.

– Je pensais, continua Xénia, que vous liriez dans les journaux l'annonce du mariage et comprendriez... l'urgence de votre retour.

– Je n'ai pas lu les journaux pendant plusieurs jours. J'avais autre chose à penser.

Elle sourit avant d'ajouter :

– Oh, Xénia, je ne vous remercierai jamais assez d'avoir pris ma place. J'ai été si heureuse. Tout s'est si bien passé avec Robert!

Sa voix changea subitement de ton :

– Dépêchez-vous! Il vous attend en bas. Votre train part dans une heure.

– Mon... train? répéta Xénia sans comprendre.

– Robert a votre billet. Il vous accompagnera à la gare. Il a aussi l'argent que je vous ai promis.

– Mais je..., commença Xénia.

Puis la voix lui manqua.

Il n'y avait plus rien à dire, plus rien à faire. Le conte de fées était fini.

Il lui fut difficile de bouger, mais elle parvint enfin à se lever.

– Puisque vous n'êtes pas encore habillée, vous n'avez qu'à mettre tout de suite mes affaires, dit Johanna. Aidez-moi donc à enlever ma robe.

Elle jeta son bonnet de veuve et présenta son dos à Xénia pour lui permettre de dégager les petits boutons de soie du corsage.

– Vous avez donc été... heureuse? demanda celle-ci.

– Merveilleusement heureuse! s'exclama Johanna. J'aime Robert. Pour moi c'est l'homme le plus séduisant du monde!

– Pourquoi ne restez-vous donc pas avec lui?

Xénia n'avait pu s'empêcher de poser cette question qui lui avait brûlé les lèvres.

Johanna leva les mains en l'air comme pour réfuter tous les arguments qu'on lui opposerait.

– Ne m'en parlez pas, je vous prie. Robert m'en a déjà suffisamment dit pendant le trajet.

Son petit rire nerveux ressembla presque à un sanglot.

– Ni vous ni Robert ne comprenez, ajouta-t-elle, que je ne peux pas... que je ne veux pas mener une vie obscure comme celle de votre mère.

Elle avait parlé avec brusquerie, avec violence presque. Elle se reprit et continua plus calmement :

– Si j'avais vu plus clair en moi à l'époque, j'aurais fui avec Robert dès notre rencontre. Mais je n'aurais pas pour autant renoncé à être princesse, car je n'aurais jamais toléré d'être passée sous silence par ma famille ou d'être traitée comme une lépreuse.

– Est-il... trop tard maintenant? demanda Xénia à voix basse.

– Beaucoup trop tard! Comment expliquerions-nous, d'ailleurs, votre présence ici?

Ces derniers mots rappelèrent à Xénia tout ce qu'elle avait fait pour la Luthénie.

– Ecoutez-moi, Johanna, dit-elle brusquement. J'ai beaucoup de choses à vous apprendre...

– Malheureusement, je n'ai pas le temps de vous écouter, interrompit Johanna. Robert attend. D'autre part, le roi ne tardera plus à revenir. Il préside un Conseil Privé en ce moment; les réunions de ce genre ne durent pas longtemps.

– Nous devions partir... en voyage de noces.

– Vraiment? Il est exclu que je quitte Molnar. Tant que j'y resterai, j'aurai quelque chance de revoir Robert.

– Il va donc rester dans cette ville? demanda Xénia

– Oui, pour le moment, dit Johanna. Comment me résoudrais-je à me séparer de lui?

Cette question ressembla à un cri.

Pendant ce temps, elle s'était débarrassée de sa robe et l'avait jetée sur une chaise. Elle enlevait maintenant ses sous-vêtements garnis de dentelle, semblables à ceux dont ses malles étaient pleines.

Quand elle eut enlevé sa chemise, elle se regarda, nue, dans la glace.

– Robert trouve que je suis belle comme une déesse grecque, dit-elle. Je suppose qu'il en penserait autant de vous. Heureusement qu'il ne vous accompagne pas en Angleterre.

Xénia, qui se moquait de ce que pensait lord Gratton, dit à mi-voix :

– Il faut que vous aidiez Istvan, Johanna. Il a besoin qu'on l'aide.

– Istvan peut très bien se débrouiller tout seul! riposta Johanna. D'après les journaux que j'ai lus en traversant la frontière, il semble que vous ayez été très occupés avec des hôpitaux et des choses du même genre. Je ne peux vous dire à quel point ces affaires-là m'ennuient!

– Mais, Johanna, il s'agit d'affaires qui intéressent... au plus haut point... la Luthénie.

Johanna ne répondit rien.

Elle s'était habillée presque machinalement avec les vêtements que l'autre avait abandonnés. Johanna, de son côté, avait enfilé sa chemise de nuit et le déshabillé de satin bleu orné de dentelle.

– Robert vous donnera mes bagages, dit-elle. J'ai dû m'acheter des tas d'affaires ici et là. Je pense qu'elles vous seront utiles.

– Je... je n'ai... rien d'autre.

– Elles seront donc les bienvenues. Quoiqu'on ne puisse les comparer à celles que j'ai achetées à Paris, elles sont assez jolies.

Sur ces mots, elle lança un regard vers la penderie que Margit avait laissée ouverte pour permettre à Xénia de choisir ce qu'elle porterait.

Puis, Johanna boutonna sans attendre le dos de la robe de sa cousine et ramassa le bonnet de crêpe qu'elle avait lancé sur le sol.

– C'était un déguisement astucieux, n'est-ce pas? demanda-t-elle. A vrai dire, c'est Robert qui en a eu l'idée. Il disait qu'il était impossible que j'arrive en Luthénie à visage découvert; tout le monde m'aurait prise pour vous.

– Je crois que... je dois vous dire..., commença Xénia.

Tout en parlant, elle se rendait compte qu'elle pouvait difficilement avouer à Johanna que le roi et elle étaient follement amoureux l'un de l'autre.

Sans doute aurait-elle dû aussi lui apprendre qu'ils avaient passé la nuit ensemble, qu'elle était sa femme dans toutes les acceptions du terme.

Les mots ne pouvaient pourtant franchir ses lèvres. Comme elle hésitait, cherchant désespérément un moyen de s'exprimer, Johanna regarda la pendule et poussa un petit cri.

– Vous allez manquer votre train! lança-t-elle. Vous savez aussi bien que moi que plus tôt vous serez hors de ce pays, mieux cela vaudra!

Elle ramassa les gants noirs et le sac qu'elle portait pendu à son poignet quand elle était arrivée.

– Donnez-moi votre alliance, dit-elle, et dépêchez-vous de descendre. Robert vous attend dans la voiture. Il vous donnera toutes les explications nécessaires.

Elle posa le bonnet sur la tête de Xénia, attacha les rubans sous son menton, l'embrassa sur la joue et descendit le voile sur son visage.

Xénia, de son côté, enleva l'anneau de son doigt. En le prenant, Johanna s'écria :

– Merci infiniment. Vous êtes la plus charmante, la plus serviable des cousines. C'est triste de penser que nous ne nous reverrons plus. Sachez, en tout cas, que je vous serai toujours reconnaissante pour ce que vous avez fait pour moi.

Sur ce, elle saisit une clochette d'or qui était sur la coiffeuse et l'agita vivement. La porte s'ouvrit presque en même temps et Margit entra.

– Conduisez mon amie, Mrs Cresswell, jusqu'à l'escalier, dit Johanna.

– Très bien, Votre Majesté.

Xénia avait vaguement espéré que Margit remarquerait quelque différence chez sa maîtresse, qu'elle serait surprise du changement de sa voix.

Mais la servante accepta manifestement Johanna sans se poser de questions. Avec un sentiment d'impuissance Xénia la suivit jusqu'à la porte.

Elle fit une révérence à sa cousine, qui lui adressa en retour un petit signe de la main.

Le majordome, qui attendait Xénia sur le palier, l'escorta jusqu'au perron au pied duquel une voiture fermée était stationnée.

De l'autre côté de la grille aux fers de lance dorés, la foule s'assemblait déjà pour saluer son roi et sa reine qui devaient partir en voyage de noces.

La jeune femme eut l'impression de recevoir un coup de poignard. Ainsi, Istvan s'en irait en compagnie de Johanna, tandis qu'elle-même quitterait précipitamment le pays, cachée par un voile noir.

Lentement, pas à pas, elle se dirigea vers la voiture. Un valet de pied lui en ouvrit la portière et elle y grimpa.

Il y avait déjà un homme à l'intérieur, mais il ne souffla mot jusqu'au départ des chevaux.

– Johanna vous a sans doute remerciée de ce que vous avez fait pour nous, dit-il alors. Je voudrais à mon tour vous exprimer ma gratitude.

Xénia se tourna pour le regarder à travers son voile. C'était un Anglais, à n'en pas douter. Il avait d'ailleurs bon air. Elle se demanda toutefois comment Johanna pouvait le préférer au roi.

– Il est inutile de me remercier, répondit-elle au bout d'un moment. Cela a été une expérience... que je n'oublierai pas.

Malgré sa résolution de parler calmement, des sanglots semblaient briser sa voix. Comprenant son chagrin, lord Gratton reprit :

– J'ai vos billets pour l'Angleterre. Je vous ai retenu un sleeping dans le train et une cabine particulière sur le steamer qui assure la traversée de la Manche.

– Je vous... remercie, murmura Xénia.

– Johanna m'a dit qu'elle vous avait promis deux cents livres pour le rôle que vous avez joué dans cette mascarade, poursuivit lord Gratton. Permettez-moi d'y ajouter encore deux cents livres de ma part. L'argent est dans cette enveloppe.

Il la tendit à Xénia, qui l'enfouit dans la bourse de satin pendue à son poignet.

Il lui tendit alors un autre document.

– Vous avez besoin d'un passeport pour rentrer en Angleterre, expliqua-t-il. On vous le demandera, d'ailleurs, en Autriche. Je l'ai fait établir au nom de Mrs Cresswell. Comme vous êtes habillée en veuve, il a fallu préciser votre situation matrimoniale.

– Je comprends.

– Il n'y aura naturellement aucune difficulté.

Mais en cas d'urgence, étant donné qu'il vous sera désormais impossible de communiquer avec Johanna, vous pourrez me joindre à l'*Hôtel de la Couronne,* à Molnar, où je resterai pendant une semaine environ.

– Est-ce raisonnable? demanda Xénia.

– Raisonnable ou pas, c'est ce que j'ai l'intention de faire. Il faut que je sois près de Johanna. La quitter m'est insupportable.

La passion qui avait animé sa voix lui valut la sympathie de Xénia. Elle se mettait si bien à sa place!

Comment elle-même pouvait-elle abandonner ainsi le roi? Comment pouvait-elle le fuir et le laisser, face à ce changement si brutal?

Elle savait bien que Johanna, qui aimait lord Gratton, ne donnerait jamais à Istvan l'amour qu'il avait reçu de Xénia.

Il serait intrigué, désorienté. Il souffrirait. Sentir qu'elle ne pourrait plus rien pour lui rendait cette course inexorable vers la gare odieusement pénible.

Elle allait commencer le long voyage qui l'éloignerait du pays d'Istvan, de sa vie. Ils ne se verraient plus.

Parce qu'elle gardait le silence, ou parce qu'il était lui-même la proie d'une souffrance aussi vive, lord Gratton devina ce qui s'était passé depuis qu'elle était arrivée en Luthénie.

– Vous aimez le roi? demanda-t-il à voix basse.

Xénia hocha la tête, car elle répugnait à parler.

– Nous sommes donc dans la même situation, remarqua-t-il avec amertume.

– Je n'ai pas eu le temps de m'expliquer avec Johanna, dit Xénia. Pouvez-vous lui demander d'être... gentille avec le roi? De l'aider? Il a besoin d'aide... en ce moment.

– La lecture des journaux m'a appris qu'il avait déjà opéré certains changements radicaux dans le pays. Je crois que ces initiatives seront approuvées en Grande-Bretagne.

– Je l'espère aussi, mais il reste encore beaucoup à faire.

Après avoir gardé un instant le silence, lord Gratton reprit :

– Je vois que vous vous intéressez à des questions auxquelles Johanna n'a jamais prêté attention. Quel dommage que nous ne puissions rester comme nous sommes : vous avec lui, elle avec moi.

Avec effort elle regarda par la vitre de la portière. Son voile assombrissait le spectacle. Il était juste, au fond, que la ville qu'elle voyait pour la dernière fois lui apparût sous un jour triste.

Il lui sembla que les gens qui se pressaient dans la rue avaient l'air plus heureux que lors de son arrivée.

Puis elle se dit qu'il ne servait à rien de s'imaginer que son départ changerait quoi que ce soit. Seul le roi allait en subir les conséquences.

Tout son être se rebellait à la pensée qu'elle allait être séparée de lui. La souffrance devint presque intolérable. Fort heureusement, la voiture arriva à ce moment-là devant la gare.

– Votre train part dans cinq minutes, dit lord Gratton. Je crains qu'il ne soit très lent et qu'il ne s'arrête à chaque gare jusqu'à la frontière. En Autriche, par contre, un express vous amènera à Vienne.

« Peu importe », pensa Xénia.

En Angleterre, rien ni personne ne l'attendait. Le voyage, qui allait trancher son dernier lien avec la

Luthénie pouvait bien durer un mois ou une année. Plus rien n'avait d'importance.

Sans un mot, elle descendit de voiture tandis que lord Gratton veillait à ce que les malles qui avaient été attachées derrière le véhicule soient transportées à l'enregistrement.

Ils allèrent ensuite sur le quai et elle découvrit qu'il avait retenu tout un wagon pour elle.

Il l'installa, paya généreusement les porteurs et, se découvrant, prit sa main dans la sienne.

– Merci encore, fit-il. Si vous avez besoin de moi à Londres, vous me trouverez à Gratton House. Mais je n'ai pas l'intention de retourner chez moi avant d'y être obligé.

« C'est-à-dire, pensa Xénia, avant que Johanna ne le lui ordonne. »

– Merci d'avoir pris soin de moi, dit-elle. Pour l'argent aussi, naturellement... C'était très aimable.

– Grâce à vous j'ai vécu les plus heureux moments de ma vie, répondit-il. Il n'y a pas de prix à cela.

Sa voix trahit son désespoir.

Xénia savait, que pour lui comme pour elle, plus rien n'était digne d'être vécu. Il n'y aurait plus désormais que solitude et désespoir.

Elle essaya de trouver des mots pour le réconforter, mais on entendit alors un sifflet strident. Les portières claquèrent et lord Gratton descendit du compartiment.

Le train s'ébranla lentement et sortit de la gare. Xénia aperçut de loin lord Gratton regagner sa voiture.

Elle rejeta son voile pour mieux dire adieu au paysage.

Elle contempla une dernière fois la vallée magnifique au milieu de laquelle serpentait le fleuve aux reflets d'argent, et les sommets enneigés qu'elle avait découverts le jour de sa promenade avec le roi.

A la pensée d'être privée à jamais de ce paysage, Xénia se mit à pleurer. Des larmes coulèrent d'abord lentement le long de ses joues, puis tout son corps fut secoué de sanglots.

C'était fini!

Elle laissait derrière elle son cœur, son âme et, sans doute, son destin de femme. Elle n'était désormais plus qu'une coquille vide.

– Je vous aime! Oh, Istvan, je vous aime! gémit-elle entre deux sanglots.

Elle sombra dans un profond désespoir, plus aucune lueur ne brillait dans le trou noir où elle était tombée.

« Je préférerais encore qu'il soit mort plutôt que de nous savoir tous les deux loin de l'autre. Mes prières et mes espoirs resteront à jamais sans réponse... »

Elle pleura jusqu'à l'épuisement.

Elle s'essuya enfin les yeux et se força à regarder par la fenêtre, puisque c'était la dernière fois qu'elle voyait la Luthénie.

Depuis le départ de Molnar, le train qui n'avait cessé de grimper atteignait maintenant un col.

Comme lord Gratton l'avait annoncé, il avançait très lentement et s'arrêtait dans les plus petites gares. Quelquefois une ou deux personnes y descendaient, tandis qu'une paysanne montait avec un panier d'œufs ou des poulets.

Il repartait ensuite dans un grand cliquetis de ferraille, pour s'immobiliser un peu plus loin.

Il fallut en plus attendre longtemps sur une voie de garage, pour laisser un autre train passer.

Xénia jugea à la chaleur qui régnait dans le

wagon qu'on approchait de midi. Le roi et Johanna devaient déjà avoir quitté le palais.

Comment sa cousine aurait-elle pu échapper au voyage de noces et retrouver Robert puisque le roi la prenait pour sa femme.

Sa femme!

Ces deux mots lui serrèrent le cœur.

C'était elle, Xénia, qui était sa femme. L'archevêque les avait unis. L'acte d'amour qui avait fait d'eux une seule chair avait reçu la bénédiction de Dieu.

Leur accord avait été parfait, entier, divin. Elle se mit à trembler au souvenir des sensations que le roi avait éveillées pendant leur nuit.

– Je vous adore, ma merveilleuse petite femme, avait-il dit.

Leur amour les avait sanctifiés. Le feu qu'il avait allumé en elle était aussi un don de Dieu.

Le roi ne comprendrait jamais pourquoi elle avait changé, pourquoi elle ne recherchait plus ses baisers, pourquoi Johanna se détournait de lui.

– Oh, Istvan! Istvan! gémissait-elle désespérément.

Seul le grondement des roues lui répondit.

De peur d'être reconnue, et surtout parce qu'elle était incapable de fournir le moindre effort, Xénia n'osa s'acheter ni à boire ni à manger dans chacune des gares où ils s'arrêtèrent. Car même si son voile était suffisamment épais pour masquer sa ressemblance avec la reine, elle préférait prendre toutes les précautions.

Elle n'avait aucune idée de l'heure à laquelle ils franchiraient la frontière, mais pensa qu'ils ne tarderaient plus.

Le train qui venait de passer un col roulait

maintenant entre des blocs rocheux envahis de fleurs. Xénia les regarda, le cœur serré. Désormais, toutes les fleurs du monde lui rappelleraient le roi et le premier baiser qu'il lui donna dans la roseraie du palais.

Lorsque le train s'arrêta finalement au poste frontière, Xénia sortit de son sac le billet et le passeport que lord Gratton lui avait donnés et les tendit au douanier qui les examina.

Le passeport, qui se présentait sous la forme d'une lettre frappée des armes royales, était rédigé de la manière suivante :

Nous, George Leweson Gower Granville, Comte, Pair et Membre du très honorable Conseil Privé de Sa Majesté Britannique, Principal Secrétaire d'Etat aux Affaires Etrangères de Sa Majesté, etc.

Prions et demandons, au nom de Sa Majesté, à tous les intéressés de permettre à Mrs Cresswell de circuler en toute liberté. Qu'ils veuillent lui accorder l'assistance et la protection dont elle pourrait avoir besoin.

Fait au Foreign Office, Londres, le 12 juin 1883.

Granville

La signature du comte était accompagnée des armes royales.

L'employé lut soigneusement la pièce qui lui avait été remise et demanda :

– Voulez-vous m'accompagner, madame, je vous prie?

Xénia, qui pensa qu'elle devait signer quelques papiers, se leva et suivit docilement le douanier qui l'aida à descendre sur le quai.

Des paysannes en jupes d'un rouge éclatant et en blouses brodées contemplaient les voyageurs qui prenaient place dans le train.

Accompagnée de l'employé, Xénia pénétra à l'intérieur d'un beau bâtiment peint en blanc et dont les fenêtres étaient agrémentées de bacs fleuris.

Le guide de Xénia ouvrit une petite porte au bout d'un couloir et s'effaça pour la faire entrer dans une petite pièce où elle remarqua un homme penché sur un bureau.

Elle le regarda distraitement.

Soudain, elle se figea comme si elle était changée en statue.

C'était le roi en personne.

Il ne portait pas d'uniforme mais de simples vêtements civils. Il la fixa avec une telle intensité que son cœur chavira.

– Etes-vous Mrs Cresswell?

Elle fut incapable de répondre, son cerveau était paralysé.

Elle n'arrivait même pas à s'étonner de sa présence.

– J'ai cru comprendre que vous aviez quitté Molnar assez précipitamment, dit le roi. En fait, vous êtes partie avec une telle hâte que vous avez oublié quelque chose.

Xénia le regarda à travers son voile sombre et essaya vainement de comprendre ce qu'il voulait dire. Elle était uniquement consciente de l'amour démesuré qui la poussait vers lui.

Les larmes envahirent ses yeux et elle ne le vit plus qu'à travers un brouillard.

– Voulez-vous approcher?

Comme une marionnette dont on tire les ficelles, elle s'avança vers lui. La distance qui les séparait lui sembla interminable.

Elle était si émue de le savoir si proche, qu'elle ne pouvait ni parler ni respirer.

– Je voudrais que vous enleviez le gant de votre main gauche, dit le roi.

Elle se demanda pourquoi. Occupée à refouler ses larmes, elle lui obéit humblement.

Le roi tendit la main pour prendre la sienne.

– Pas d'alliance? reprit-il. Une femme mariée ne doit-elle pas en porter une?

Il en sortit une d'une poche de son gilet et la lui passa à l'annulaire.

Désespérément immobile, ne songeant pas à retirer sa main, Xénia reconnut l'anneau de son mariage.

Le roi la lâcha. Il saisit à deux mains le bord de son voile et le rejeta en arrière.

– Laissez-moi vous regarder, Mrs Cresswell, dit-il. Je veux savoir si vous êtes aussi belle que dans mon souvenir.

Elle leva les yeux vers lui et lui abandonna son regard.

– Pourquoi pleurez-vous? demanda-t-il.

Les larmes ruisselaient, en effet, sur ses joues.

Il attendit qu'elle puisse répondre. Les lèvres tremblantes elle murmura :

– Je croyais... que je ne vous verrais plus.

– Pensiez-vous vraiment que j'allais me résigner à vous perdre? fit-il.

Il l'enlaça, la pressa contre lui. Elle entrouvrit les lèvres et il posa sa bouche sur la sienne.

Eblouie par ce bonheur qu'elle croyait perdu à jamais, elle ferma les yeux et s'abandonna aux baisers du roi.

Ils retrouvaient enfin leur union sacrée.

D'une voix mal assurée, il lui demanda :

– Comment avez-vous pu être si méchante? Comment avez-vous pu commettre cet acte abominable? Comment avez-vous pu essayer de me fuir?

– Je vous... aime! Oh... Istvan, je vous aime! balbutia-t-elle d'une voix brisée. Elle pleurait toujours, mais de bonheur cette fois.

A force de baisers il sécha ses yeux, ses joues et sa bouche.

– Vous m'appartenez, dit-il. Vous m'appartenez, complètement, absolument. Vous perdre serait perdre ma vie.

– Mais... Johanna? parvint à demander Xénia.

– Inutile de vous tourmenter au sujet de Johanna, mon trésor. En ce moment, le train royal l'emmène à Vienne avec son futur époux et elle ne pense qu'au nouveau trousseau qu'elle achètera à Paris.

Xénia le questionna du regard. Il se contenta de dénouer les rubans sous son menton et de lui arracher le bonnet et le voile noir qu'il jeta sur le bureau.

– Je vous raconterai tout, assura-t-il, mais d'abord, embrassez-moi.

Lorsque leurs lèvres s'unirent, elle s'épanouit comme sous la caresse d'un rayon de soleil. Elle sentit son cœur battre contre le sien; leur joie indicible était presque insupportable.

Le roi l'entraîna, s'assit sur une chaise, la prit sur ses genoux.

Elle enfouit son visage dans le creux de son épaule.

– Comment avez-vous découvert la vérité?

Il sourit.

– Pensiez-vous que je puisse vous prendre pour quelqu'un d'autre? Aviez-vous vraiment espéré m'abuser par cette ressemblance?

– Quand l'avez-vous reconnue?

– J'admets avoir été profondément surpris sur le moment, répondit-il.

– Racontez-moi tout, fit-elle.

Il déposa un baiser sur sa joue, un autre sur ses lèvres, et ajouta :

– Quand le Conseil Privé s'est terminé, je suis allé dans votre chambre pour vous dire que les voitures nous attendaient et que nous pouvions partir.

Xénia frissonna car c'était bien ainsi qu'elle avait imaginé la scène.

– J'ai traversé la pièce pour vous prendre dans mes bras et pour vous dire combien il me tardait d'être seul avec vous, poursuivit le roi, et à ma grande surprise vous avez détourné la tête.

» – Vraiment, Istvan! avez-vous déclaré. Je croyais que nous étions convenus de nous conduire en gens civilisés!

Il reprit son souffle, comme s'il ressentait encore le choc qu'il avait éprouvé à ces mots, et continua son récit :

» – Que se passe-t-il? ai-je demandé. Pourquoi me parlez-vous sur ce ton?

» – Je ne comprends pas comment vous avez imaginé de me faire partir en voyage de noces, avez-vous répliqué. Lors de nos fiançailles, il avait pourtant bien été décidé que je ferais ce que vous voudriez en public, mais que ma vie privée m'appartiendrait.

» – Etes-vous devenue folle? Comment concilier de tels propos avec ce qui s'est passé cette nuit?

» Vous avez haussé les épaules.

» – Qu'il soit bien entendu, avez-vous déclaré sèchement, que je ne bougerai pas de Molnar avant plusieurs semaines. Rien ne me fera changer d'avis!

La voix du roi montrait qu'il avait été non seulement surpris mais profondément blessé par l'attitude de celle qu'il prenait pour Xénia.

Comme celle-ci ne pouvait supporter de le voir souffrir, ne fût-ce qu'un instant, elle passa le bras autour de son cou et appuya la joue contre la sienne.

– Je ne comprenais pas, reprit-il. J'étais dans une situation inexplicable. Mon esprit refusait de l'accepter. Ce n'était plus vous. Cependant je retrouvais votre beauté, vos cheveux dans lesquels le soleil allumait mille reflets, vos yeux verts enchanteurs.

» – Que s'est-il passé? ai-je demandé de nouveau.

» – Il ne s'est rien passé, avez-vous répliqué, sinon que vous ne respectez pas nos conventions. Renvoyez les voitures et prévenez que nous restons au palais.

» – Et si je refuse?

» Vous étiez tournée vers la fenêtre. Vous avez dit :

» – Partez donc en voyage de noces tout seul si le cœur vous en dit. Pourquoi ne pas demander à Elga de vous accompagner?

» C'est alors que j'ai compris que ce n'était pas vous qui parliez.

» Quelqu'un vous ressemblait, avait même votre voix, mais...

Le roi s'arrêta un instant.

– L'idée me vint, poursuivit-il, que vous aviez une double personnalité, ou que peut-être ces histoires de femmes possédées par le diable étaient vraies.

Xénia lui embrassa doucement la joue.

– Quelqu'un frappa alors à la porte, reprit-il. Avec un soulagement visible, vous avez crié : « Entrez! » C'était le comte Gaspar.

» – Que Votre Majesté m'excuse, a-t-il dit, mais la duchesse douairière demande que vous lui fassiez la faveur d'un entretien avant son départ.

» J'étais si désorienté, si abasourdi que je suivis le comte aussitôt.

» – Excusez-moi de vous avoir dérangé, Istvan, m'a dit la duchesse. J'ai oublié hier de vous dire quelque chose d'important.

» – De quoi s'agit-il? ai-je demandé machinalement.

» – Je voudrais que vous ameniez dès que possible Johanna auprès de son grand-père.

» – Pourquoi?

» – L'état de santé du roi Constantin m'inquiète. Je crains qu'il n'ait plus très longtemps à vivre, répondit la duchesse douairière. »

» Bouleversé par ce qui venait de se passer, je ne savais plus quoi répondre. La duchesse, se méprenant sur mon silence, a ajouté :

» – Je sais, Istvan, que vous avez eu quelques différends avec lui autrefois, mais il a changé depuis qu'il est malade. Le croiriez-vous, l'autre jour il a même parlé de Lilla!

» Je ne répondis rien, et elle continua son bavardage :

» – Peut-être ne savez-vous même pas qui est Lilla. On ne parle plus d'elle, en effet. C'est la sœur jumelle de la mère de Johanna.

» – La sœur jumelle?

» – Oui. On a dû vous apprendre que Dorottyn avait une sœur nommée Lilla, laquelle s'est enfuie avec un Anglais, un simple roturier d'ailleurs. On nous a défendu de jamais faire allusion à elle, mais je crois que le roi, sentant sa mort prochaine, est maintenant disposé à plus d'indulgence à son égard.

Pressentant je ne sais quoi, je répétais obstinément : « La sœur jumelle! » Ma tante a poursuivi son récit :

» – Elles se ressemblaient d'une manière étonnante. Absolument étonnante! On ne pouvait la plupart du temps les distinguer l'une de l'autre. Pour ma part, j'ai toujours trouvé cependant que Lilla était la plus douce, la plus charmante.

» Elle a poussé un petit soupir et a ajouté :

» – Je n'ai jamais su ce qu'elle était devenue. Je me suis souvent demandé si elle avait eu des enfants. Sa fille ne pourrait qu'être en tous points semblable à cette chère Johanna.

Le roi serra Xénia plus étroitement dans ses bras.

– J'ai compris alors, dit-il, qui vous étiez et qui j'avais épousé.

– En étiez-vous vraiment sûr alors?

– Je suis retourné vers Johanna et l'ai forcée à me dire la vérité. De son côté, elle ne demandait pas mieux au fond que de ne plus soutenir ce mensonge.

– Vous avez été bien habile de deviner toute l'affaire, murmura Xénia.

– Je voulais simplement reconquérir mon bonheur.

Il allait l'embrasser encore, mais Xénia le pressa de lui raconter la fin de l'histoire.

– Je vous en prie, continuez. Il faut que je sache.

– J'ai tout fait pour vous retrouver avant la frontière. Heureusement, Johanna était prête et le train royal que nous devions prendre attendait à la gare.

Il sourit, puis reprit :

– Nos chevaux nous ont conduits ventre à terre. Nous ne nous sommes arrêtés qu'à l'*Hôtel de la Couronne* pour prendre lord Gratton.

– Vous les avez donc emmenés tous les deux? demanda Xénia.

– Je ne leur ai pas laissé le temps de réfléchir. J'ai fait télégraphier pour qu'on dégage la voie ferrée et qu'on permette à notre train de dépasser le vôtre. Nous sommes partis dans le délai le plus bref.

– Johanna était-elle d'accord?

– Elle n'avait pas le choix, répliqua sèchement le roi. Si cela peut vous tranquilliser, j'ai fait en sorte que Gratton et elle soient aussi heureux, ou presque, que nous avons l'intention de l'être.

– Comment vous y êtes-vous pris?

– J'ai compris que si Johanna aimait Gratton, elle n'en était pas moins effrayée à la pensée de mener une existence médiocre et obscure, comme celle de votre mère.

– Comment avez-vous pu la convaincre?

– En lui assurant de faire d'elle le personnage royal le plus célèbre de toute l'Europe.

Xénia leva la tête et ouvrit de grands yeux. Il poursuivit, un sourire aux lèvres.

– Le monde entier aime les amoureux. Une princesse qui abandonne un trône pour l'homme qu'elle aime attirera toujours l'attention.

Il s'arrêta un instant.

– En fait, reprit-il, elle sera beaucoup plus intéressante ainsi qu'une simple reine de Luthénie!

– Encore faut-il qu'on sache son histoire, dit Xénia.

– J'ai mis la presse au courant. Plus rien ne sera ignoré.

– Mais c'est... impossible! Songez à ce qu'on dira à notre sujet!

– J'ai mis au point avec lord Gratton une version de l'affaire qui satisfera tout le monde : Johanna était décidée à épouser lord Gratton; comme les événements de Luthénie l'inquiétaient, elle vous a envoyée pour prendre sa place et m'expliquer ses intentions.

Sur un ton légèrement sarcastique il ajouta le commentaire suivant :

– Naturellement, elle voulait que je sois le premier à en être informé!

– Qu'est-il arrivé ensuite?

– Ensuite? Nous n'avons rapporté que la vérité, c'est-à-dire que nous étions, vous et moi, tombés amoureux l'un de l'autre dès la première rencontre et que nous avions décidé de nous marier avant de révéler au monde votre véritable identité; nous voulions ainsi balayer les soupçons que la roture de votre père aurait fait naître.

Xénia poussa un profond soupir.

– Oh, Istvan, quelle merveilleuse histoire!

– On ne se lassera pas de rabâcher ce conte romanesque, dit le roi. Johanna et vous serez célèbres pour avoir tant sacrifié à l'amour.

– Je n'ai rien sacrifié du tout, dit vivement Xénia.

– Vous étiez prête, en tout cas, à me sacrifier. Vraiment, je suis choqué que vous ayez traité si légèrement notre amour.

– Pardonnez-moi, je vous prie, supplia Xénia.

– Pourquoi ne m'avoir rien dit après notre mariage?

– Je voulais le faire, mais j'ai eu peur de vous mettre en colère... Je voulais si désespérément vos baisers, votre amour...

Il la regarda très tendrement.

– Je vous punirai donc, mon trésor. Je me montrerai si amoureux que vous crierez bientôt grâce. Vous n'oserez plus jamais vous jouer de moi.

– Ça n'a jamais été mon intention, vous le savez bien.

Elle baissa la tête et murmura :
– Si la situation avait été différente, j'aurais volontiers vécu avec vous loin du monde. Je vous aurais suivi n'importe où, si vous aviez voulu de moi.
Le roi resserra son étreinte.
– Croyez-vous que je ne le sache pas? fit-il. Nous nous aimons si fort... Vous êtes ma seule raison de vivre.
Il l'embrassa sur le front, la posa à terre et se leva de la chaise sur laquelle il était assis.
– J'ai beaucoup à vous dire. Vous aussi me devez des explications, ajouta-t-il, mais nous devons partir. Les voitures nous attendent.
Xénia le regarda, les yeux brillants.
– Où allons-nous? demanda-t-elle.
– Dans mon château de la montagne. Nous serons seuls, ma chérie, on ne peut plus seuls. Je vous enseignerai ce qu'aimer veut dire. Je vous montrerai qu'il est désormais impossible de nous séparer.
Xénia vit le désir briller dans ses yeux, et sentit monter en elle les flammes qu'il avait éveillées la nuit dernière.
– Je jure de ne plus jamais prendre le risque de vous perdre.
Xénia rayonnait de bonheur. Aucune femme ne pouvait prétendre à une telle beauté, à un tel épanouissement.
Il s'arracha avec effort à sa contemplation.
– Il faut partir, mon amour, dit-il avec émotion. J'ai cependant quelque chose à faire encore.
– Qu'est-ce que c'est?
– Nous devons informer le monde entier de ce qui nous est arrivé! Ensuite nous ne penserons plus qu'à nous.

– Comment parviendrez-vous à faire connaître notre aventure? demanda-t-elle.

Le roi ne répondit pas. Il traversa la pièce et ouvrit la porte.

– Horvath! cria-t-il.

Le comte apparut.

– Le journaliste qui insistait pour me parler quand nous sommes arrivés traîne-t-il toujours dans les parages?

– Oui, Sire, répondit le comte. Il fait un croquis de Votre Majesté pour son journal. Franchement, je crois qu'il a du talent.

– Amenez-le, ordonna le roi. Je vais faire de lui le jeune journaliste le plus célèbre d'Europe. Il deviendra riche.

Le comte parut surpris, mais le roi ne donna aucune explication et se contenta d'ajouter : « Allez le chercher! », avant de se retourner vers Xénia. Celle-ci le regardait avec un tel amour qu'il lui tendit les bras.

Elle courut à lui.

– Se peut-il... Est-il vrai, Istvan, que je serai toujours avec vous, que nous nous aimerons toujours?

– C'est on ne peut plus vrai, ma chérie, dit-il, la serrant contre lui.

– Je pensais que, comme pour Cendrillon, minuit avait sonné et que j'allais retourner seule d'où je venais.

– Minuit a sonné, répondit le roi. Un autre jour commence. Ce sera le nôtre, mon amour et je ne le trouverai jamais assez long.

Il inclina la tête et l'embrassa. Elle sentit qu'il la transportait de nouveau au paradis qu'il lui avait révélé pendant la nuit.

– Je vous aime! Oh... chéri... mon merveilleux

Istvan, je vous aime! murmura-t-elle tout près de ses lèvres.

La passion s'éveillait en eux, les embrasait.

Ils n'entendirent pas la porte s'ouvrir.

La scène dont il avait été le témoin inspira à un jeune journaliste inconnu, envoyé par une quelconque feuille locale, un croquis de l'étreinte royale qui fut reproduit dans tous les journaux du monde!

Les amours mexicaines (1052 * * *)
Maltraitee par son oncle, Kamala se glisse en cachette dans un bateau en partance pour le Mexique.

Cœur captif (1062 * *)
Sabina est déjà fiancee lorsqu'elle rencontre le fascinant Roi des Bohémiens.

Les roses de Lahore (1069 * *)
Un secret honteux entache son nom: a-t-elle le droit d'aimer ?

Le message de l'orchidée (1072 * *)
Un flot tumultueux de passions se dechaine lors de l'inauguration du canal de Suez.

Quand l'amour triomphe (1076 * *)
Que faisait chez lui cette jolie fille serrant une bombe contre elle ?

Le corsaire de la reine (1077 * * *)
Habillée en homme, elle prend la place de son frère a bord d'un vaisseau corsaire.

Séréna (1087 * * * *)
A la mort de son père, elle devient la propriété d'un noble débauché.

Par amour ou par pitié ? (1088 * * *)
Epousée par pitie, Jacinda parviendra-t-elle cependant à trouver le bonheur ?

Au péril de l'amour (1097 * * *)
Enlevée, conduite en Afrique, Sélina est vendue au plus offrant.

Messagère de l'amour (1098 * *)
Chargée de mission par Elisabeth Ire, elle tombe aux mains des ennemis de la reine.

La fille de Séréna (1109 * * * *)
Dans la forêt, Caroline ne rencontre pas le loup, mais un lord seduisant.

La flamme d'amour (1110 * *)
Messes noires, satanistes: dans quel monde est tombée l'innocente Vada ?

Sous le charme gitan (1120 * *)
Une gitane peut-elle être transformee en jeune fille du monde ?

Un faux mariage (1121 * * *)
Pour échapper à une « tigresse » il épouse la première venue.

Des fleurs pour mon amour (1133 * * *)
Derriere la grâce de Lokita se cache un incroyable secret.

Les beaux messieurs de Pétrina (1134 * *)
Scandaleuse, incorrigible, exaspérante, telle est Pétrina.

Samantha des années folles (1144 * *)
Celui qu'elle aime est parti avec une autre.

Comtesse Natacha (1145 * *)
Elle doit se vendre pour sauver son frère.

La splendeur de Ventura (1155 * *)
Sous cet adolescent en haillons, qui reconnaîtrait la jolie Ventura ?

Le bonheur commence à l'aube (1156 * *)
Un échange d'identite place Xénia dans une situation impossible.

Le valet de cœur (1166 * * *)
Ravella court vers ce qu'elle croit être son bonheur. *(avril 1981)*

Mon beau capitaine (1167 * *)
L'amour la fera-t-elle renoncer au couvent ? *(avril 1981)*

Seras-tu lady, Gardénia ? (1177 * * *)
L'homme qu'elle aime veut l'entretenir, non l'épouser. *(mai 1981)*

Fiancés sans amour (1178 * * *)
Pour echapper à un mariage forcé, Alyna devra-t-elle se suicider ? *(mai 1981)*

L'enchantement du désert (1188 * *)
Peut-on impunément enlever et séquestrer une jeune fille ? *(juin 1981)*

La première étreinte (1189 * *)
Saura-t-elle rester pure dans le demi-monde ? *(juin 1981)*

Barbara Cartland presente :

Le Cheik, par E.M. Hull (1135 * *)
Prisonniere dans le desert, Diana doit céder à son ravisseur.

Candide Evangéline, par E. Glyn (1157 * *)
Naïve et pure, elle se rêve femme fatale.

La lune au trésor, par J. Farnol (1179 * *)
Il est des nuits magiques ou tout devient possible. *(mai 1981)*

Orage en Camargue (1043***)
En pleine guerre napoléonienne, il n'est pas facile pour une jeune Anglaise d'aimer un Français. *(avril 1981)*

Marietta (1125***)
Autour d'elle, dans ce château d'Ecosse, la mort rôde...

La reine et le gitan (1169****)
Les amours tumultueuses d'Elisabeth Ire d'Angleterre. *(avril 1981)*

HOLT Victoria

La maison aux mille lanternes (834***)
A Hong-Kong, une jeune Anglaise devient propriétaire d'une maison maudite. *(mars 1981)*

La porte du rêve (899****)
Elle se croyait aimée : elle se découvre haïe, menacée de mort...

L'orgueil du Paon (1063****)
Elle découvre une tombe qui porte son nom. Quel mystère entoure sa naissance ?

Le galop du Diable (1113****)
Une jeune Anglaise prise dans la tourmente de la Révolution française.

La nuit de la septième lune (1160****)
Helena a vécu un rêve, au réveil il ne reste qu'un cauchemar. *(mars 1981)*

KONSALIK Heinz G.

Amours sur le Don (497****)
Un journaliste allemand est aimé par la belle Helena, agent du K.G.B., et par Nioucha, la sauvage fille cosaque.

Brûlant comme le vent des steppes (549****)
Un orphelin allemand est adopté en 1945 par un officier soviétique.

La passion du Dr Bergh (578***)
Un grand médecin voit sa carrière menacée par la haine d'une femme.

Docteur Erika Werner (610**)
Par amour, elle s'accuse à la place de son amant indigne.

La caravane des sables (1084***)
Un voyage au pays de la soif, de la peur et de l'inconnu.

Une nuit de magie noire (1130**)
Un sorcier indigène peut-il guérir leur fils atteint de leucémie ?

Le médecin de la tsarine (1185**)
On murmure que Maria, la tsarine, est un démon déguisé en ange. *(juin 1981)*

METALIOUS Grace

Peyton Place
(2 t. 849*** et 850***)
Derrière ses blanches façades, l'enfer des délires et des secrets inavouables.

Retour à Peyton Place (905****)
... d'Allison Mackensie devenue romancière célèbre.

METALIOUS et FULLER

Carnaval à Peyton Place (998**)
Infirme, Kathy pourra-t-elle trouver le bonheur ?

Du nouveau à Peyton Place (1108***)
La bourgeoisie de Peyton Place acceptera-t-elle cet enfant sorti du bidonville ?

SEGAL Erich

Love story (412*)
Le roman qui a changé l'image de l'amour.

Oliver's story (1059**)
Jenny est morte mais Oliver doit réapprendre à vivre.

STEEL Danielle

Leur promesse (1075***)
Reconnaîtra-t-il sa fiancée à qui la chirurgie esthétique a modelé un nouveau visage ?

et tous les romans de Guy des Cars et Barbara Cartland.

Editions J'ai Lu, 31, rue de Tournon, 75006 Paris

diffusion
France et étranger : Flammarion, Paris
Suisse : Office du Livre, Fribourg
Canada : Flammarion Ltée, Montréal

Achevé d'imprimer sur les presses de l'imprimerie Brodard et Taupin
7, Bd Romain-Rolland, Montrouge. Usine de La Flèche,
le 13 février 1981
6903-5 Dépôt Légal 1er trimestre 1981. ISBN : 2 - 277 - 21156 - 7
Imprimé en France